光文社古典新訳文庫

怪談

ラフカディオ・ハーン

南條竹則訳

kobunsha classics

光文社

Title : KWAIDAN
1904
Author : Lafcadio Hearn

凡例

○ハーンによる原註は、原書では各ページの欄外註になっているが、本訳書では訳註をつける都合から、各篇ごとの後註とした。
○作中に引用される和歌や発句をハーンはローマ字表記で載せて、そのあとに〔 〕入りの英訳を付している。本訳書では、ローマ字ではなく漢字仮名まじりの日本語原文を載せ、ハーンの英訳も訳出した。和歌・発句はハーンの原文に従って行分けをした。

『怪談』＊目次

怪談　11

怪談

——不思議なことの物語と研究

怪談

序

以下に収める〝怪談〟、すなわち不気味な話の大部分は、日本の古い書物——『夜窓鬼談』、『仏教百科全書』、『古今著聞集』、『玉すだれ』、『百物語』などから採《と》ったものである。物語の中には、中国起源のものもあるかもしれない。例えば、非常に面白い「安芸之介の夢」は、間違いなく中国から来たものである。しかし、日本の物語作者は、いずれの場合にも、借りて来たものを彩色し直し、形を変えて、日本風にしている。……「雪女」という風変わりな話は、武蔵《むさし》の国、西多摩《にしたま》郡《ごおり》調布のある百姓が、生まれ故郷の村の言い伝えだといって、わたしに語ってくれたものだ。日本語の書物に書き記されたことがあるかどうか知らないが、この話に記されている異様な信仰は、かつては日本のたいていの場所に、さまざまな興味深い形で存在していたにちがいない。……「力《りき》ばか」の出来事は個人的な体験で、わたしはそれをありのままに書き留め、ただ日本人の語り手が口にした名字だけを変えておいた。

L・H

日本、東京
一九〇四年一月二十日

耳なし芳一の話

今から七百年以上も前のこと、下関海峡の壇の浦で、長い間争っていた平家、すなわち平《たいら》一族と源氏、すなわち源《みなもと》一族との最後の戦《いくさ》が闘われた。そこで平家は女子供もろともに全滅し——今日《こんにち》、安徳天皇として記憶されている幼い帝《みかど》も、運命を共にしたのである。そして、その海と浜辺には七百年の間、怨霊《おんりょう》が取り憑《つ》いている。……わたしはべつの場所で、そこで捕《と》れる「平家」蟹という奇妙な蟹のことをお話ししたが、その蟹の甲羅《こうら》には人間の顔が浮かんでいて、平家の武者の霊《たましい》だと言われているのだ。[*1] しかし、あの海岸では、いろいろの奇妙な事を見たり聞いたりする者がある。闇夜には何千という陰火《いんか》が渚《なぎさ》をふわふわと漂ったり、波の上をちらちらと飛びまわったりする——青白い光で、漁師はそれを「鬼火《おにび》」すなわち魔物の火と呼んでいる。そして、風が立つと必ず、合戦の鬨《とき》の声のような大きな叫び声が、その海から聞こえて来るのである。

以前、平家は今よりもずっと落ち着きがなかった。夜分通る船のまわりに現われて沈めようとしたし、泳ぐ者をつねに待ちかまえていて、水の底へ引きずり込もうとした。赤間《あかま》が関[*2]に阿弥陀寺《あみだじ》という寺が建てられたのは、そうした死者たちを鎮《しず》めるためだった。寺のすぐそばの浜の近くに墓地も設けられて、そこには入水《じゅすい》した帝と主立った家臣の名を刻んだいくつもの碑が立てられ、かれらの霊を慰めるために、そこで法要が定期的に営まれた。寺が建てられ、墓碑ができたのちは、平家も前ほど人を悩まさなくなったが、それでも時折、怪しいことをして——まだ完全な安らぎを得ていないことを示すのだった。

　数百年前、赤間が関に芳一《ほういち》という盲人が住んでいて、琵琶《びわ》の弾唱《だんしょう》が上手なことで知られていた[*3]。芳一は幼い頃から弾き語りを仕込まれ、まだ少年のうちから師匠たちを凌《しの》ぐほどだった。本職の琵琶法師として、芳一は主に平家と源氏の物語を語ることで有名になった。彼が壇の浦の合戦の歌をうたうと、「鬼神《きじん》も涙をとどめ得なかった」と言われている。

　まだ駆け出しの頃、芳一はひどく貧しかったが、力になってくれる良友を得た。阿弥陀寺の和尚は詩歌音曲《しいかおんぎょく》が大好きで、たびたび芳一を寺に招き、弾き語りをさせた。その後、若者の妙技にいたく感心した和尚は、芳一に寺に住んではどうかと持ちかけ、芳一は有難くこの申し出を受けた。寺の一間《ひとま》をあてがわれて、食事と住居を与えられるお返しに、時々、ほかに用のない晩に琵琶をかたって、和尚を喜ばせるだけで良いのだった。

ある夏の夜、和尚は不幸のあった檀家《だんか》の家で法要を営むために呼ばれて行き、小僧も連れて行ったため、寺には芳一だけが残った。暑い夜だったので、盲人は寝間《ねま》の前の縁先へ涼みに出た。縁先からは、阿弥陀寺の裏手の小さい庭が見えた。芳一はそこで和尚の帰りを待ち、寂しさをまぎらすために琵琶の練習をはじめた。真夜中過ぎても、和尚は帰らなかった。しかし、夜気にはまだ熱がこもっていて、部屋の中は居心地が悪かったから、芳一は外にとどまっていた。しまいに、足音が裏門から近づいて来るのが聞こえた。誰かが庭を横切り、縁先へ向かって来て、芳一の真ん前で立ちどまった——しかし、それは和尚ではなかった。腹の底から出るような太い声が盲人の名を呼んだ——侍《さむらい》が目下《めした》の者を呼びつけるような、唐突でぞんざいな呼び方だった。

「芳一！」

芳一は驚いて、とっさに返事ができなかった。すると、声は厳しく命ずるような調子で、ふたたび呼んだ。

「芳一！」

「はい！」盲人は、その声の脅《おど》かすような響きに怯《おび》えて、こたえた――「てまえは目が見えませんので！――どなたがお呼びになるのかわからないのです！」

「何もおそれることはない」見知らぬ相手は大きな声で、しかし、もっと穏やかに言った。「拙者はこの寺の近くに泊まっている者で、そなたに言伝《ことづて》を託されてまいったのだ。拙者の主君は、いとやんごとないお方で、位《くらい》の高い大勢の御家来衆とともに、今赤間が関に御逗留《ごとうりゅう》なさっている。壇の浦の合戦の跡をごらんになりたいと思《おぼ》し召され、今日そこへ行かれたのだ。そなたはあの合戦の物語を語るのが上手と聞いて、今弾き語りを聞きたいと御所望《ごしょもう》になっておられる。されば、琵琶を持って、今すぐ拙者と畏《かしこ》き方々のお集まりになっておられる館へまいるがよい」

当時、侍の命令に軽々しくそむくことはできなかった。芳一は草履《ぞうり》を履《は》き、琵琶を持って、見知らぬ男と一緒に出かけて行った。男は上手に道案内をしたが、芳一をひどく急ぎ足に歩かせた。導く手は鉄だった。武者が大股に歩くにつれて、戛々《かつかつ》と音がするのは、全身に鎧《よろい》をまとっていることを示していた——おそらく、宿直《とのい》の衛士《えじ》か何かであろう。芳一は初めのうち恐ろしかったが、しだいに不安は失《う》せて、自分は運が良いと思いはじめた——というのも、「いとやんごとないお方」だというこの家来の言葉を思い出して、弾き語りを聞きたいという殿様は、一流の大名にちがいないと思ったからである。やがて侍は立ちどまった。大きな門の前に来たことに芳一は気づいた——そして訝《いぶか》しんだ。阿弥陀寺の山門を除いて、町のそのあたりに大きな門があったおぼえはないからである。「開門《かいもん》！」[*4]と侍が呼ばわった。——かんぬきを外《はず》す音がして、二人は中へ入った。広々した庭を通り抜けて、ふたたび何かの入口の前で立ちどまると、家来は大声で言った。「誰かいるか！　芳一を連れてまいった」すると、急いで歩いて来る足音がして、襖《ふすま》の開《あ》く音、雨戸の開く音、女たちの話し声などが聞こえて来た。芳一は女たちの言葉づかいから、高貴な家の女中たちであることを知ったが、一体いかなる場所へ連れて来られたのか、見当もつかなかった。あれこれ考えている閑《ひま》もなかった。助けられて石の階《きざはし》を数段上ると、最後の段で草履を脱げと言われ、一人の女が芳一の手を引いて、案内した。どこまでも果てしのない、磨《みが》き込んだ板張りの廊下を通って、おぼえきれないほどたくさんの柱の角を曲がり、びっくりするほど広い畳の床を歩いて——どこかたいそう広い部屋の真ん中に進んだ。ここには身分の高い人が大勢集まっているのだ、と芳一は思った。絹擦《きぬず》れの音がまるで森の木の葉の音のようだった。それに、がやがやとしゃべる声が聞こえて来た——小声で話し合っている声で、言葉は宮中の言葉だった。

芳一は楽《らく》にせよと言われて、自分のための座蒲団が敷《し》いてあるのに気づいた。その上に座を占めて楽器の調子を合わせると、女の声が——彼はその女を老女《ろうじょ》、すなわち、女中を取り締まる目つけ役だと思った——こう話しかけた。

「それでは、琵琶に合わせて、平家の物語を語るのじゃ」

しかし、全曲語るとなると幾晩もかかる。それで芳一は思いきって、たずねた。

「物語を全部語ることは、すぐにはできませせぬが、ただ今語れと御所望なのは、いずれの段でございますか？」

女の声が答えた。

「壇の浦の合戦の物語をせよ——そこがもっとも哀れの深いところゆえ」[*5]

そこで、芳一は声を張り上げ、海上の戦の歌をうたった——橈《かい》を必死で漕ぐような音や、船が突き進む音、矢がヒュウヒュウと飛び交《か》う音、男たちの怒号と踏み鳴らす足音、刃《やいば》が兜《かぶと》を打つ音や、殺された者が水に落ちる音――そういった音を、素晴らしく巧みに琵琶で弾き鳴らしながら。右からも左からも、弾奏に間《ま》が入るたびに、讃《ほ》めそやすささやき声が聞こえた。「何という驚くべき芸人じゃろう！」――「われらの国でも、このように弾くのは聞いたことがないぞ」――「芳一ほどの歌い手は、国中探しても、またとあるまい！」すると、新たな勇気が湧いて来て、芳一はそれまでよりもいっそう上手に琵琶を弾き、歌った。まわりの者は感嘆のあまり、声をひそめて聴き入った。しかし、ついに美しくかよわい者の運命を――女子供の哀れな最期と――幼い帝を腕に抱いて、二位《にい》の尼《あま》が入水するくだりにさしかかると、聴き手はみな一斉《いっせい》に、長い、長い、震える苦悶の叫びを発した。それから、みな大声で泣きくずれたので、盲人は自分の弾き語りを聞いた人々があまりに激しく悲しんでいるのに愕《がく》然《ぜん》とした。すすり泣きや慟哭《どうこく》は長い間つづいた。だが、次第に悲嘆の声はやみ、あたりがしんと静まりかえった中で、芳一はふたたび老女とおぼしき女の声を聞いた。

女は言った。

「そなたは琵琶の名手で、弾き語りも並びなき者とは聞いておったが、今宵そなたが示したほどの腕前の持主がこの世にあろうとは知らなんだ。わが君はお喜びなされて、そなたに然《しか》るべき褒美《ほうび》をくださるとの仰《おお》せじゃ。だが、これより六日の間、毎夜一度《ひとたび》御前で弾き語りをすることをお望みである——六日が経ったのちは、おそらく帰途につかれるであろう。されば、明晩も、同じ時刻にここへ来るのじゃ。今宵案内した家来を迎えにやろう。……それから、もう一つ、そなたに伝えよと申しつけられたことがある。わが君が赤間が関に御逗留の間は、そなたがここへ来ることを誰にも言ってはならぬ。わが君はお忍びの御旅行ゆえ、[*6]こうしたことを口外してはならぬと仰《おお》せられるのじゃ。……では、もう寺へ帰ってもよいぞ」

芳一が厚く礼を述べると、女の手が彼を家の入口まで導き、そこには、前に道案内をしたあの家来が待っていて、芳一を寺へ送った。家来は彼を寺の裏手の縁先へ連れて行き、そこで別れを告げた。

芳一が戻って来たのは夜も明ける頃だったが、彼が寺にいなかったことは誰にも気づかれなかった——和尚は夜遅く帰ったので、芳一は寝ているとばかり思っていたからである。昼間、芳一は少し休むことができ、前夜の不思議な出来事のことは口にしなかった。侍は翌晩も真夜中に迎えに来て、やんごとない集まりの席へ連れて行った。芳一はまた弾き語りをして、前回と同じように成功を博した。だが、二度目に出かけている間、寺にいないことが偶然見つかってしまい、朝方戻って来ると、和尚の前に呼びつけられた。和尚は穏やかにたしなめる口調で、芳一に言った。

「芳一や、わしらはおまえのことをひどく心配していたのじゃぞ。目の見えぬ者が一人で、あんな夜更けに外へ出ては危ない。なぜ、わしらにことわらずに行ったのじゃ？　わしに言えば、寺男に供をさせたものを。一体どこへ行っていたのじゃ？」

芳一はごまかそうとして、こたえた。

「お許し下さい、和尚さま！　用事がございまして、さる席に参らねばならなかったのです。それに、ほかの時刻に繰《く》り合わすことができませんでしたので」

和尚は芳一が行先を言わないのを、悲しむというよりも、驚いた。これは尋常《じんじょう》ではない、何か困ったことになっていはしないかと思った。目の見えない若者が悪霊に魅入《みい》られ、惑《まど》わされているのではないかと心配した。それ以上何も訊かなかったが、寺男たちにこっそり言いふくめて、芳一の様子を見張っているように、夜分また寺から出て行くようなことがあったら、あとを尾《つ》けてゆくように命じた。

まさにその夜、寺男たちは芳一が寺を脱け出すところを見たので、さっそく提灯をともし、あとを追った。ところが、雨降りの晩でたいそう暗く、寺の者がおもての道へ出る前に、芳一は姿を消してしまった。よほど速く歩いて行ったにちがいない——目が見えぬことを考えると、これは奇妙だった。道はひどく状態が悪かったからだ。男たちは通りを走って、芳一がふだん行きつけている家をすべてまわってみたが、行先を知る者はなかった。しまいに、海岸づたいに寺へ戻ろうとしていると、阿弥陀寺の墓地から、琵琶を激しく掻き鳴らす音が聞こえて来たので、一同ははっとした。陰火が少し——暗い晩は、いつもそこに飛んでいるようなのが——燃えているのを除くと、そちらは真っ暗だった。だが、男たちはすぐさま墓地へ急いだ。すると、そこに提灯の明かりで見えたのは、芳一が——安徳天皇の墓碑の前に、ただ一人雨に打たれて琵琶を掻き鳴らし、壇の浦の合戦の歌を声高く誦《ず》している姿だった。彼のうしろにも、まわりにも、また墓の上いたるところに、人魂が蠟燭のごとく燃えていた。これほどたくさんの鬼火の群れが人の目の前に現われたためしはなかった……

「芳一さん！――芳一さん！」寺男たちは叫んだ――「あなたは魅入られているんですよ！……芳一さん！」

だが、盲人には聞こえていないようだった。彼はあらん限りの力をこめて、琵琶を錚々《そうそう》と、りんりんと、戞々《かっかつ》と掻き鳴らし――壇の浦の合戦の歌をいよいよ激しい調子で歌っていた。男たちは彼の身体をつかみ――耳元で怒鳴《どな》った。

「芳一さん！――芳一さん！　今すぐ一緒に帰ってください！」

芳一は咎《とが》めるように、男たちに言った。

「このやんごとない方々《かたがた》の御前で、さようにわたしの邪魔をなさるとは、赦《ゆる》されませぬぞ」

これを聞いた寺男たちは無気味さも忘れて、笑い出さずにいられなかった。芳一が物に魅入られていることはもうたしかだと思ったので、一同は彼をつかまえ、引っ張り上げて立たせ、力ずくで急ぎ寺へ連れ帰った――寺では、和尚の言いつけで、芳一の濡れた衣をさっそく着替えさせ、飲み食いをさせた。そのあと、和尚はこの驚くべき振舞いをすっかり説明するように、芳一に迫った。

芳一は長いこと話すのをためらっていた。しかし、自分のしたことが人の好い和尚を心底《しんそこ》驚かせ、かつ怒らせたことを知ると、もう隠すのはやめようと思い、最初に侍が訪れた時から起こったことを一伍一什《いちぶしじゅう》語った。

和尚は言った。

「芳一や、かわいそうに、おまえは今大変な危険にさらされている。もっと早く話してくれなかったのは、不幸なことであった。おまえは琵琶の妙技ゆえに、げにも不思議な災厄に遭《あ》ったのだ。今はもう気づいたろうが、おまえはどこかのお屋敷に行ったのではなく、墓場で、平家の墓の間で夜を過ごしておったのだ――今夜、寺の者が見つけた時、おまえは安徳天皇の墓碑の前に坐って、雨に濡れていた。おまえが思いなしていたことは、すべて幻なのじゃ――死人に呼ばれたことだけはべつじゃがな。一度《ひとたび》言うことを聞いたために、おまえはかれらの虜《とりこ》になってしもうた。ああしたことがあったのちに、ふたたび言うことを聞けば、八つ裂きにされてしまうであろう。だが、いずれにしても、かれらは遅かれ早かれおまえを滅ぼしたであろう。……さて、わしは今夜おまえと一緒にいることができぬ。また法要に呼ばれておるのだ。だが、行く前に、おまえの身体に尊いお経を書いて、護ってやらなければなるまい」

日が暮れる前に、和尚と小僧は芳一を裸にした。それから、筆で胸や背中、頭や、顔や、頸《くび》や、両手両足――足の裏にさえも、身体中いたるところに「般若心経」*7といらお経を書きつけた。それが済むと、和尚は芳一にこう言いふくめた。

「今夜、わしが出かけたらすぐ縁側に坐って、待っているのだ。おまえは呼ばれるだろう。しかし、どんなことがあっても返事をしてはいけないし、動いてもいけない。何も言わず、じっと坐っているのだ――坐禅をするようにな。もし身動きしたり、声を立てたりしたら、おまえは真二つに裂かれてしまうだろう。恐ろしがることはない。助けを呼ぼうなどとも考えるな――おまえを助けられる者はいないのだから。わしの言う通りにすれば危険は去り、もう何も恐れなくてもよいじゃろう」

日が暮れると、和尚と小僧は出かけてしまい、芳一は言われた通り、縁側に坐った。傍らの敷板の上に琵琶を置き、坐禅の格好をして、じっと身動きをしなかった――しわぶきもせず、息の音も立てないように気をつけた。何時間もそのようにしていた。

やがて、往来から足音が近づいて来るのが聞こえた。足音は門を越え、庭を横切り、縁側に近づいて、止まった――芳一のすぐ目の前で。

「芳一！」と太い声が呼んだ。だが、盲人は息を殺し、身じろぎもせずに坐っていた。

「芳一！」声は厳しい調子で、もう一度呼んだ。それから、三度目には――乱暴な声で、

「芳一！」

芳一は石のようにじっと動かなかった――すると、声は不服そうに言った。

「返事がない！――これはいかん！……あいつめがどこにいるか、たしかめねばならん」……

重い足音が縁側に上がって来た。足は悠然と近づいて――芳一のそばでぴたりと止まった。それから、長い間――その間、芳一は全身が胸の動悸《どうき》につれて顫《ふる》えるのを感じた――まったくの静寂がつづいた。

しまいに、しわがれた声が彼のそばでつぶやいた。

「ここに琵琶があるが、琵琶法師の姿は見えんな――二つの耳があるだけだ！……なるほど、返事をしなかったのも道理だ。返事をする口がないのだから――あの男は耳しか残っておらぬ……それでは、この両耳をわが君のもとへ持ってゆくとしよう――できる限り仰せに従ったという証《あかし》にな」……

その刹那《せつな》、芳一は両耳を鉄の指につかまれ、引きちぎられるのを感じた。たいそう痛かったが、声は立てなかった。重い足音は縁側を遠ざかり——庭へ下り——往来へ出て——聞こえなくなった。盲人は頭の両側から生温かいものがどろどろと流れるのを感じたが、恐ろしくて手を上げることもできなかった。

夜明け前に和尚は戻って来た。彼はすぐさま裏手の縁側へ急いだが、何かねばねばしたものを踏んで、足を滑《すべ》らし、恐怖の叫びを上げた——提灯の明かりで、ねばねばしたものが血だとわかったからである。だが、芳一はそこに坐禅の姿勢で坐っていた——血がいまだに傷からじくじく滴《したた》っていた。

「芳一や、かわいそうに！」和尚は仰天して言った——「これは一体どうしたことじゃ？……怪我をしたのか？」……

友の声を聞くと、盲人はやっと安心した。わっと泣き出し、涙ながらにその夜の出来事を語った。

「芳一や、かわいそうに、かわいそうに」と和尚は叫んだ——「わしが悪かったのじゃ！——わしのとんだ手ぬかりじゃ！……経文をおまえの身体中に書いたが——耳にだけ書きおとした！　そのあたりは小僧にまかせたのだが、書いたかどうかたしかめなかったのは、わしがほんとうに悪かった……しかし、こうなっては仕方がない。――傷をできるだけ早く癒《なお》すようにするしかない……元気を出せ、友よ！　危険はもう過ぎ去った。あの者たちに苦しめられることは、もう二度とあるまいぞ」

良医の助けを得て、芳一の傷はまもなく癒《い》えた。この不思議な出来事の話は遠くまで伝わり、芳一はやがて有名になった。大勢の貴人が彼の弾き語りを聞きに赤間が関を訪れ、大枚の祝儀を与えた――おかげで、芳一は金持ちになった……しかし、あの出来事以来、もっぱら「耳なし芳一」の呼び名で知られるようになったのである。

原註

＊1　この奇妙な蟹について詳しいことは、拙著『骨董』七九―八二頁を参照せよ。

＊2　別名、下の関。この町は馬関《ばかん》の名でも知られる。

＊3　琵琶 biwa は一種の四絃琴で、主として伴奏つきの吟誦に用いられる。かつて、『平家物語』などの悲劇的な物語を語った職業的吟遊詩人は「琵琶法師」と呼ばれた。この呼称の起源はさだかでないが、「琵琶法師」が、盲目の按摩師と同様、仏教の僧のように頭を剃《そ》っ

ていたことから暗示された可能性はある。琵琶は撥《ばち》という、通常動物の角でつくった一種の道具を使って演奏される。

＊4　門を開けることを意味する、尊敬の意をこめた言葉。侍が主君の屋敷の門を護る番人に、中に入れてもらうために呼びかける時、使われた。

＊5　あるいは、この句は次のように訳してもよかろう。「for the pity of that part is the deepest.（なぜなら、その一段の哀れがもっとも深いゆえに）」原文で「pity」にあたる日本語は「awaré」である。

＊6　「おしのびで旅行する（Travelling incognito）」というのが、少なくとも、原文「仮装してやんごとない旅をする（Shinobi no go-ryokô）」の意味である。

＊7　「The Smaller Pragña-Pâramitâ-Hridaya-Sutra」は日本語でこう呼ばれている。「Pragña-Pâramitâ（〝超越的な智識〟）と呼ばれる経は、小本も大本も、故マックス・ミュラー教授が訳しており、『東洋の聖典』（〝大乗仏典〟）の第四十九巻に収められている。この物語に描かれているように、この経を魔術的に使うことに関していえば、この経の主題が〝空論〟であることは指摘に値しよう。空論とはすなわち、すべての現象も実体も現実性を持たないという教義である……「形態は空虚であり、空虚は形態である。空虚は形態と異なることなく、形態は空虚と異ならない。形態とは何か――空虚である。空虚とは何か――形態である。……知覚、名称、概念、そして知識もまた空虚である。……眼もなく、耳もなく、鼻もなく、舌も、身体も、精神もない……しかし、意識の被《おお》いが滅止《めっし》されれば、その時彼（求道者）はすべての恐れから自由になり、有為転変の及ばざるところに達して、最終的な

涅槃《ニルヴァーナ》を享受する」[2]

1　琵琶の撥は通常木製であるが、ハーンの原文に従う。

2　ハーンがここに掲げているのは『般若心経』の英訳であるが、試みに重訳する。

おしどり

陸奥《むつ》の国、田村の郷《ごう》というところに、鷹匠《たかじょう》で猟師の尊允《そんじょう》[1]という男が住んでいた。ある日猟に出たが、獲物《えもの》がひとつも見つからなかった。だが、帰りがけに赤沼《あかぬま》というところで、鴛鴦《おしどり》*1のつがいが、尊允の渡ろうとした川を一緒に泳いでいるのを見た。鴛鴦を殺すのは良くないことだが、尊允はひどく空腹だったので、つがいの鳥に矢を射た。矢は雄を貫いた。雌は向こう岸の藺草《いぐさ》の中に逃げ込んで、姿を消した。尊允は死んだ鳥を家に持ち帰って、料理した。

その夜、彼は物寂しい夢を見た。一人の美しい女が部屋に入って来て枕元に立ち、泣きはじめたようだった。あまり辛《つら》そうに泣くので、聞いていると、こちらの胸まで張り裂けるようだった。女は尊允に言った。「なぜ――ああ、なぜあの人を殺したのです?――あの人がどんな悪いことをしたというのです?……赤沼でわたしたちはたいそう幸せに暮らしていました――それなのに、あなたは彼を殺したのです!……あの人があなたにどんな害を加えたというのです? 自分のしたことがわかっているのですか？――ああ！　自分がどんなに酷《むご》い、邪《よこしま》なことをしたか、わかっているのですか？……あなたはわたしも殺しました――夫がいなくては生きてゆかれないからです！……わたしはただこのことを言いに来たのです」……それから、女はまた大きな声で泣いた――何とも辛そうなので、泣き声が聞く者の骨の髄《ずい》に浸《し》みとおった――そして女は咽《むせ》びながら、こんな歌の文句を口にした。

日暮るれば
誘ひしものを――
赤沼《あかぬま》の
真菰《まこも》がくれの[2]
ひとり寝ぞ憂《う》き

1　この話の粉本である『古今著聞集』では、猟師の名は「馬ノ允《ぜう》」となっているが、ハーンの原文「Sonjō」に従う。既訳では「孫允」「村允」の表記もあるが、平川祐弘訳に従って「尊允」とする。

〔夕暮れになると、わたしはあの人を誘って一緒に帰った――！　今は赤沼の藺草の蔭に独りで寝なければならない――ああ！　何という言いようのない悲しさ[*2]！〕

この歌を詠《よ》み終えると、女は叫んだ。「ああ、あなたにはわからない――自分が何をしたか、知るよしもない！　でも、明日、赤沼へ行けばわかります――わかります……」そう言って、いとも哀れに泣きながら、女は去った。

朝になって目が醒めると、この夢がありありと心に残っていたので、尊允はひどく悩んだ。彼は女の言葉をおぼえていた。「でも、明日、赤沼へ行けばわかります――わかります」そこで、この夢が夢以上のものであるかどうかをたしかめるために、今すぐあそこへ行ってみよう、と思った。

さて、赤沼へ行ってくだんの川岸に着くと、鴛鴦の雌がひとりで泳いでいた。その時、鳥も尊允に気づいたが逃げようとはせず、奇妙なことに、わきめもふらず尊允を見つめながら、まっすぐこちらへ向かって来た。やがて、ふいに口嘴《くちばし》で自分の身体を突き破り、猟師の目の前で死んだ……

尊允は剃髪《ていはつ》して、僧になった。

原註

＊1 古来、極東では、この鳥は夫婦愛の象徴とされている。

＊2 この詩の三行目には、悲しい二重の意味がこめられている。赤沼（〝赤い沼〟）という固有名詞を構成する四音節は、「わたしたちが離れがたい（あるいは楽しい）仲で暮らした時」を意味する「飽かぬ間《ま》akanu-ma」とも読めるからである。従って、この詩はこう訳すこともできる――「日が暮れかけた時、わたしはあの人を誘って、一緒に帰ったものだった……！ 今は、むつまじく暮らした時も終わり、藺草の蔭に独りで寝なければならぬとは、何という悲しみであろう！」真菰は藺草に似た大きな草で、籠《かご》をつくるのに使われる。

2 ハーンの原文はこの行を「Makomo no kuré no（真菰のくれの）」としているが、『古今著聞集』には「まこもかくれの」とある。「真菰のくれの」では意味をなさないので、『著聞集』によって訂正する。

お貞の話

昔々、越後の国[1]、新潟の町に長尾長生[2]という人が住んでいた。

長尾は医者の息子で、父の業を継《つ》ぐために勉強した。年若くして、お貞《てい》という父の友人の娘と許嫁《いいなずけ》になり、長尾が学業を終えたら、すぐに祝言《しゅうげん》を挙げることに両家とも同意していた。ところが、お貞は身体の弱いことがわかってきて、十五の年、命とりな肺病にかかった。助からぬとわかった時、彼女は別れを告げるために、人をやって長尾を呼んだ。

長尾が枕元に坐ると、お貞は言った。

「長尾さま、許嫁のわたくしたちは幼い頃から約束を交わして、今年の暮れには夫婦《めおと》となるはずでございました。けれど、わたくしはもう死にます――神様は人間にとって何が一番良いかを御存知なのです。もし、わたくしがもう何年か生きながらえたとしても、他人様《ひとさま》に御迷惑をかけ、嘆き悲しませるだけでしょう。このひ弱《よわ》な身体では、とても良い奥様にはなれません。ですから、あなたのために生きようと望むことさえも、ひどく身勝手な願いでございましょう。もう死ぬのは仕方がないと諦《あきら》めておりますから、あなたも悲しまないと約束していただきたいのです……それに、わたくしたちはもう一度会えると思うのです。そのことを申し上げたかったのですよ」……

「いかにも、また会えるとも」長尾は熱をこめてこたえた。「それに、彼《か》の浄土には別離の苦しみはあるまい」

「いえ、いえ！」お貞は静かに言い返した。「浄土のことを言ったのではありません。この世でもう一度会える運命《さだめ》と信じているのです――わたくしは、明日はお墓に入る身ですけれども」

長尾は不思議そうにお貞を見た。お貞は彼が不思議がっているのを見て、にっこり微笑《わら》った。彼女は穏やかな、夢見るような声で語りつづけた。

1　原文はEchizen（越前）とあるが、ハーンは後の方（四六ページ）では「越後」と書いているので、訂正する。

2　粉本とした「夜窓鬼談」では長尾杏生となっているが、ここはハーンの原文「Nagao Chōsei」に従って漢字にする。「杏生」が「Chōsei」となった理由については、平川祐弘訳に考証がある。

「そうです。この世で——今生《こんじょう》においてでございます、長尾さま……あなたがお望みになれば、ですけれども。ただ、そのためにはもう一度娘に生まれ変わって、大人の女にならなければなりません。ですから、あなたはお待ちにならなければいけないでしょう。十五年か——十六年か。長い時間です……でも、言い交わした旦那さま、あなたはまだ十九歳《じゅうく》なのですから」……

臨終《いまわ》の際《きわ》の女を慰めたくて、長尾はやさしく答えた。

「許嫁よ。君を待つのは義務《つとめ》であるだけでなしに、喜びでもあるだろう。わたしたちは七生《しちしょう》の契《ちぎ》りを交わしたのだ」

「でも、お疑いでしょう?」お貞は男の顔を見守りながら、たずねた。

「いとしい人よ」と長尾はこたえた。「べつの身体に宿って、べつの名を名のっている君が見分けられるかどうかを疑うのだ——何か、これこれのしるしがあるとでも教えてくれないことには」

「それは何とも言えません」とお貞は言った。「どこでどうして出会うかは、神仏《かみほとけ》だけが御存知です。でも、もしもわたくしを迎えるのがお厭《いや》でなければ、わたくしはきっと、あなたのもとに戻って来られると——きっと、きっと戻れると——信じています。……この言葉をおぼえていてくださいましね」……

お貞は話をやめて、目を閉じた。もう息を引き取っていた。

　長尾は心からお貞が好きだったので、悲しみも深かった。お貞の俗名《ぞくみょう》*1を書いた位《い》牌《はい》をつくらせ、仏壇*2に位牌を置いて、毎日その前に供物《くもつ》を捧げた。彼はお貞が臨終の際に自分に言った奇妙なことについてよく考え、彼女の霊を慰めるため、べつの肉体《からだ》を借りて戻って来たら、必ず妻にするという厳かな誓いの言葉を書いた。この誓紙《せいし》に印を捺《お》し、仏壇のお貞の位牌のわきに置いた。

　しかし、長尾は一人息子だったから、結婚する必要があった。まもなく、家族の望みに従って、父の選んだ妻を迎えねばならなかった。彼は結婚してからも、お貞の位牌の前に供物を捧げた。彼女をなつかしく思い出さぬことはなかった。だが、その面影は次第次第に記憶から薄れていった——容易に思い出せぬ夢のように。そして歳月が過ぎた。

　その歳月の間に、長尾の身には多くの不幸が襲いかかった。両親と死に別れ——次いで妻と一人児《ひとりご》をなくした。気がつけば天涯孤独の身となっていた。彼は寂しいわが家を捨て、悲しみを忘れたくて、長旅に出た。

ある日、旅の途中で、伊香保に着いた――ここは温泉と周囲の美しい景色とで今も名高い山村である。村の宿に泊まると、若い娘が給仕に出たが、その顔を一目見たとたん、いまだかつてないような胸のときめきをおぼえた。不思議なことに娘はお貞に瓜二《うりふた》つだったので、長尾は夢ではないかと思って、わが身をつねった。娘が行ったり来たりして――火やお膳を運んで来たり、客間を片づけたりして――いる時の姿や仕草ひとつひとつが、若い頃に約束を交わした娘のゆかしい思い出を蘇らせた。話しかけてみると、娘は優しい澄んだ声で返事をしたが、その愛らしさは、在《あ》りし日の悲しみで彼を悲しくさせた。

やがて、彼は不思議さのあまり、こう言って娘にたずねた。

「姐《ねえ》さん、あなたは昔知っていた人にそっくりなのでね、初めこの部屋へ入って来た時は、びっくりしたよ、だから、こんなことを訊くのを許してもらいたいが、生まれはどこで、名は何というんだね?」

すぐさま――そして、忘れられぬ亡き人の声で――娘は答えた。

「わたくしの名はお貞です。そして、あなたは越後の長尾長生、わたくしの言い交わした夫です。わたくしは十七年前、新潟で死にました。そのあと、あなたは、わたくしがもし女の身体を借りてこの世へ戻って来たら、妻にするという誓いの言葉をお書きになりました——あなたはその誓紙に印を捺して、仏壇の、わたくしの名を書いた位牌のわきに置かれました。だから、戻って来たのです」……

この最後の言葉を言い終えると、娘は気を失って倒れた。

長尾は娘と結婚し、幸せな夫婦生活を送った。しかし、娘はその後、伊香保で彼の問いに答えて言ったことを一度も思い出さなかったし、前世のことは何もおぼえていなかった。あの出会いの時、不思議にも燃え上がった前《さき》の世の記憶はふたたび曇《くも》って、以来ずっとそのままだったのである。

原註

＊1 「俗名 zokumyō」（「世俗の名前」）という仏教用語は、生前に名のる個人名のことで、死後に与えられる「戒名」（「シーラ名 sila-name」[3]）ないし「法名」に対して言う——後者は

墓石や檀那寺の位牌に記す宗教的な死後の名前である。こうしたことについては、『異国風物と回想』所収の「死者の文学」と題した拙稿を参照せよ。

＊2 仏教徒の家庭にある祭壇。

3 sila とは「戒」を意味するサンスクリット語「シーラ（尸羅《しら》）」らしいという円城塔氏の説に従う。

乳母桜

今から三百年前、伊予《いよ》の国、温泉郡《おんせんごおり》の朝美村《あさみむら》という村に、徳兵衛という善人が住んでいた。この徳兵衛は土地一番の金持ちで、〝むらおさ〟、すなわち村の長であった。たいていのことでは運に恵まれていたが、四十歳《しじゅう》になっても、まだ父親となる幸せを知らなかった。それで、子のないことを悩んだ徳兵衛夫婦は不動明王に願《がん》をかけた。朝美村には西法寺《さいほうじ》という、不動明王を祀《まつ》った名高い寺があった。

ついに二人の願いは聞きとどけられ、徳兵衛の妻は女の子を生んだ。子供はたいそう可愛らしく、露《つゆ》と名づけられた。母親は乳の出が悪かったので、幼い子供のためにお袖《そで》という乳母が雇われた。

お露はたいそう美しい娘に育ったが、十五の年に病気になり、医者たちは助からぬだろうと思った。その時、実《じつ》の母親のようにお露を可愛がっていた乳母のお袖は、西法寺へ行って、娘のため熱心に不動明王に祈った。二十一日間毎日寺へ通って祈り、その満願の日が過ぎると、お露は急に全快した。

徳兵衛の家ではたいそう喜び、友達をみんな招《よ》んで祝宴を催した。ところが、宴の晩、お袖が急に病気になった。翌朝、容態を診《み》に来た医者は、もうお最期《さいご》が近づいています、と言った。

一家の者は嘆き悲しみ、別れを告げに床のまわりへ集まった。しかし、お袖は一同に言った。

「みなさまが御存知のないことを申し上げる時がまいりました。わたしの祈りは聞きとどけられました。お露さまの身代わりになって死にたいとお不動さまにお願いしたのですが、この大きな願いが叶《かな》えられたのです。ですから、わたしが死ぬことをお嘆きになってはいけません。……けれども、一つだけお頼みしたいことがございます。わたしは御礼として、また記念として、西法寺のお庭に桜の木を植えるとお不動様に約束いたしました。もう自分であそこに木を植えることはできませんので、わたしに代わって誓いを果たしてくださるようお願いしなければなりません。……さようなら、みなさま方、わたしはお露さまのために喜んで死んだことを忘れないでくださいまし」

お袖の葬式が済んだあと、一本の桜の若樹――これ以上ないほど立派な樹――が、お露の両親によって西法寺の庭に植えられた。その樹は伸びて繁り、翌年の二月十六日――ちょうどお袖の命日《めいにち》――に素晴らしい花を咲かせた。それから二百五十四年間――いつも二月の十六日になると――花を咲かせつづけたが、その花は薄紅と白で、あたかも乳に濡れた女の乳首のようだった。それで、人々はその樹を「うばざくら」、〝乳母の桜の木〟と呼んだ。

かけひき

処刑は屋敷の庭で行うとの命令だった。それで、男はそこに引き出され、広い砂地を一列の飛び石が横切っている場所——今でも日本庭園に行けば見られるような場所——に跪《ひざまず》かされた。両腕はうしろ手に縛《しば》られていた。家来たちは水をくんだ手桶と、小石を詰めた米俵《こめだわら》を持って来て、跪いている男のまわりに米俵をぎっしりと積み上げた——そうやって、動けないように囲い込んだのである。主人が来て、この支度《したく》を見た。満足して、何も言わなかった。

死罪になる男が、ふいに主人に向かって大声で言った。

「殿様、わたしは過ちを犯して死罪を申しつけられましたが、わざとやったのではございません。ただひどく愚かなために、過ちをしでかしたのでございます。宿世《すくせ》の業《ごう》で愚かに生まれついたわたしは、時々間違いをするのをどうしようもありませんでした。しかし、愚かだからといって人を殺すのは、悪いことです——そんな悪いことをすれば報いがあるでしょう。あなたはどうでもわたしを殺すが、わたしはどうでも仕返しをいたします。――あなたが引き起こす怨《うら》みの念から復讐が生じ、悪は悪を以て報いられるでしょう」……

深い怨みを感じている人間を殺せば、その人間の幽霊は殺した者に復讐することができる。このことを、主人の侍は知っていた。彼はいとも穏やかに――なだめるようにこたえた。

「好きなだけ、われらをおびやかすがよい――おまえが死んだのちにな。だが、おまえが本気でそう言っているとは信じがたい。何か、大きな怨みのしるしを見せてくれぬか――首を斬《き》られたあとに」

「きっと、お見せしましょう」と男はこたえた。

「よろしい」侍は長い刀を抜いて、言った――「今から、おまえの首を斬る。それ、おまえの目の前に飛び石があるだろう。首が身体から離れたら、あの飛び石に嚙みついてみよ。もしもおまえの怨霊の力でそれだけのことができるなら、怖がる者もおるやも知れぬ……あの石に嚙みついてみるか？」

「嚙みつくとも！」と男は大いに怒って、叫んだ――「嚙みついてやる――嚙みついてやる――」

刃が閃《ひらめ》き、サッと風を斬って、砂の上にどすんと物の落ちる音がした。縛られた身体が米俵の上にうつ伏《ぶ》せになった――斬られた頸《くび》から二条《ふたすじ》の長い血しぶきがほとばしり――頭が砂の上に転がった。頭はごろごろと飛び石の方へ転がってゆき、それから、ふいに跳びはねて、石の上端を歯でくわえると、一時《いっとき》、必死でかじりついていたが、やがてぐったりとなって地面に落ちた。

誰も口を利かなかったが、家来たちは恐怖にかられ、主人をじっと見つめていた。主人はまったく意に介さぬ様子だった。ただ剣を近侍《きんじ》の者に差し出すと、近侍の者は木の柄杓《ひしゃく》で鍔元《つばもと》から切《き》っ先まで水をそそぎかけ、それから柔らかい紙で五、六ぺん、刃を注意深く拭《ぬぐ》った……こうして、この事件の儀式的な部分は終わった。

それから数カ月間、家来や僕《しもべ》たちは、幽霊が出やせぬかとたえず不安に思って暮らしていた。約束通り、復讐がなされることを誰一人疑わなかった。そして、いつも怖がっているため、ありもしないものを見たり聞いたりすることがよくあった。竹藪《たけやぶ》を渡る風の音におびえ――庭に物の影が動くのにも、おびえた。しまいに、一同うちそろって相談をした末、怨みを抱く霊魂の供養のために、施餓鬼《せがき》を行ってくださいと主人に願い出ることにした。

「まったく無用じゃ」家来のうちの総代が一同の願いを述べると、侍は言った……「死にゆく者が復讐をしようと望む。それを恐れるのはもっともじゃ。しかし、この場合、恐れることは何もない」

家来は後生だからという顔つきで主人を見たが、この驚くべき自信の理由を問うことはためらわれた。

「なに、理由は簡単なことじゃ」侍は、口には出さぬ相手の疑念を見透《みす》かして、言った。「危険があるとすれば、あやつの臨終《いまわ》の思いだけが危険であった。それで、わしはしるしを見せよとあやつに挑《いど》んだのだが、ああしてやつの心を復讐の念から逸《そ》らしたのじゃ。あやつは飛び石に嚙みつこうという一念で死んだ。その一念を遂《と》げることはできたが、ただそれだけじゃ。ほかのことはすっかり忘れてしまったに相違《そうい》ない……されば、この一件はもう案ずるに及ばないのじゃ」

果たして、死んだ男はもう何も悪さをしなかった。何事も起こらなかったのである。

鏡と鐘

今を去る八百年前、遠江《とおとうみ》の国無間山《むげんやま》の僧たちが、寺に大きな鐘がほしいと思った。そこで、鐘の地金として、古い青銅の鏡を寄進してくれと檀家の女たちに頼んだ。

〔今日でも、日本の寺の境内へ行くと、そうした目的のために寄進された古い青銅の鏡が山と積み上げられているのを見ることがある。私が見たこの種の鏡の山で一番大きかったのは、九州博多の浄土宗の寺の中庭に集められたもので、鏡は身の丈三丈三尺の青銅の阿弥陀像を造るために奉納されたのだった。〕

その頃、百姓の女房である若い女が無間山に住んでいて、鐘の地金に用いるために、鏡を寺へ納めた。ところが、あとから鏡が惜しくてならなくなった。母親がその鏡について色々なことを話してくれたのを思い出し、それが母だけでなく、母の母や祖母のものでもあったことを思い出し、それに映った幸せな笑顔なども思い出した。もちろん、鏡の代わりにいくばくかの金を僧に差し出すことができれば、先祖伝来の家宝を返してくれと頼むこともできただろう。しかし、女にそれだけの金はなかった。女は寺へ行くたびに、自分の鏡が、庭の柵の中に積み上げてある何百という鏡の中に混じっているのを見た。その鏡は、裏に松竹梅の浮彫りがあるので、それと見分けられた――〝松〟と〝竹〟と〝梅の花〟をあらわす、その三つのめでたい象徴《しるし》は、母親が初めてその鏡を見せてくれた時、まだ赤ん坊だった彼女の目を喜ばせたのである。女は、何か機会があったらあの鏡を盗んで、隠してしまおう――それからはずっと宝物のように大事にしよう、と思った。しかし、そんな機会は来なかったので、たいそう悲しくなり、――自分の生命《いのち》の一部分を愚かにも捨ててしまったような気がした。鏡は〝女の魂〟だという古い諺《ことわざ》を思い出し（この諺は、多くの青銅の鏡の裏に、〝魂〟という漢字によって、神秘的に表現されている）、その言葉が、かつて想像していたよりももっと無気味な意味で、本当なのではないかとおそれた。だが、自分の苦しみを誰にも言う勇気がなかった。

さて、無間山の鐘のために寄進された鏡は、すべて鋳物場《いものば》へ送られたが、鐘をつくる鋳物師たちは、一つだけ、どうしても溶けない鏡があることに気づいた。何度も何度も溶かそうとしたが、その鏡はかれらの努力をはねつけるのである。鏡を寺に差し出した女が、それを後悔しているにちがいない。本心から奉納しなかったために、鏡に残った身勝手な執念が、溶鉱炉のただなかでも、その鏡を硬く冷たくしているのだった。

もちろん、この話は人々の耳に入り、溶けないのが誰の鏡であるかは、やがて知れわたった。哀れな女は、自分のひそかな咎《とが》がこうして衆に知られたゆえに、ひどく恥じ、ひどく怒った。そして恥を忍ぶことができなかったので、書置《かきおき》を残して身を投げたが、その書置にはこうした文句がしたためてあった——

「わたしが死んだら、あの鏡を溶かして鐘を鋳《い》ることは難しくないでしょう。けれども、その鐘を撞《つ》いて、撞き破った人には、わたしの霊が大きな富を授けましょう。」

これは知っておいていただかねばならないが、怒って死ぬ者、あるいは怒って自殺する者の最後の願いや約束は超自然的な力を持つと一般に考えられている。死んだ女の鏡が溶けて、鐘が首尾《しゅび》よく鋳られると、人々はその書置の文言を思い出した。女の魂が、鐘を撞き破った者にきっと富を授けてくれる、と人々は思い、鐘が寺の庭にかけられるや否や、大勢群れをなして、それを鳴らしに行った。力の限りに撞木《しゅもく》を撞いたけれども、鐘は出来がよかったとみえて、人々の攻撃を立派に耐えた。それでも、人々は中々諦《あきら》めなかった。来る日も来る日も、時をえらばず、乱暴に鐘を撞きつづけ——寺の僧が文句を言っても、まったく意に介さなかった。それで鐘の音がとんだ災難となり、僧たちは我慢できなくなったので、鐘を山の上から転がして沼に落としてしまい、厄介払いをした。沼は深く、鐘を呑み込み——それが、この鐘の最期だった。ただ伝説だけが今に残り、その伝説の中で、これは〝無間の鐘〟と呼ばれている。

ところで、ここに昔の日本の奇妙な信仰がある——「なぞらえる」という動詞によって、説明はされないけれども暗示される一種の精神作用に、魔術的な効力があるという信仰である。この「なぞらえる」という言葉自体、いかなる英語にも適切に訳すことができない。というのも、それは信仰に基づく多くの宗教行為に関して使われるのみならず、さまざまな模倣魔術に関しても使われるからである。辞書によると、

「なぞらえる」の通常の意味は、「真似する」「較べる」「譬《たと》える」といったことであるが、秘教的な意味は、ある魔術的ないし奇蹟的結果をもたらすために、一つの対象ないし行為を、想像の中で他の対象ないし行為の代用とする、ということなのだ。

たとえば、あなたには寺を建立《こんりゅう》する資力はない。しかし、もしもそれほどの金持ちだったならば、きっと寺を建てようという敬虔な気持ちを持っている。その気持ちで仏像の前に小石を置くことは、容易である。そのようにして小石を供える功徳《くどく》は、寺を建立する功徳と同等か、あるいはほぼ同等である……あなたは六千七百七十一巻の経文を読むことはできないが、それらを納めた回転書棚を、捲揚《まきあげ》機械のように押して、クルクル回すことならできる。そして、もし六千七百七十一巻を読みたいという一心な願いをこめて押したならば、それを読んで得られるのと同じ功徳が得られる。[1]……「なぞらえる」の宗教的意味を説明するには、これだけ言えば十分だろう。

その魔術的な意味をすべて説明するとなると、多種多様な例を挙げなければならないが、さしあたっては、次のことを申し上げれば事足りるだろう。あなたがもし、〝ヘレン姉さん〟[2]が小さな蠟人形をつくったのと同じ理由で、小さな藁《わら》人形をこしらえ――それを長さが五インチもある釘で、丑《うし》の刻に、神社の森の木に打ちつける――

もしその小さな藁人形が想像の中で象徴する人間が、その後、恐ろしい苦悶のうちに死ぬならば——これで「なぞらえる」の一つの意味がよくおわかりになるだろう。……あるいは、夜分あなたの家に泥棒が入って、大事な物を持ち去ったとしよう。もしも庭にその泥棒の足跡が見つかったならば、すぐにその両方の足跡の上で大きな艾《もぐさ》を焼くと、泥棒の足の裏が爛《ただ》れて、居ても立ってもいられなくなり、ついには自分から戻って来て、あなたに許しを乞うのである。これも、「なぞらえる」という言葉が表わす模倣魔術の一種である。そして、第三の種類は、〝無間の鐘〟のさまざまな言い伝えを見れば、よくわかる。

鐘が沼に転がり落ちてから、むろん、それを撞き破るほどに鳴らすことはもうできなくなった。しかし、こうして機会を失ったことを残念がる人々は、想像の中で鐘の

1　ここに言うのは摩尼車《まにぐるま》のことであろう。
2　ダンテ・ゲイブリエル・ロセッティー（一八二八―一八八二）の同名の詩の主人公。自分を裏切った男を蠟人形で呪い殺す。

代わりとなるものを打ったり壊したりした——それによって、あれほどの騒ぎを引き起こした鏡の持主の霊を喜ばせようと思ったのだった。そういう人間の一人に、梅が枝《え》[3]という女があった——日本の伝説では、平家の武士[4]梶原景季《かじわらかげすえ》との関係で知られている。二人が一緒に旅をしている時、梶原はある日、金がなくて非常に困窮した。梅が枝は〝無間の鐘〟の言い伝えを思い出して、青銅の水鉢《みずばち》を取り、心にそれを鐘と思いなして、叩いて、ついに割ってしまった——同時に、黄金の小判三百枚を恵みたまえと大声で叫んだのだ。すると、二人が泊まっていた宿の客が、鉢をカンカン叩いたり叫んだりする理由《わけ》をたずねて、困っているという話を聞くと、何と、梅が枝に黄金三百両を贈《おく》った。のちに梅が枝の青銅の水鉢について歌がつくられ、その歌は今日に至るまで、芸者が歌っている。

梅が枝の手水鉢《ちょうずばち》叩いて
お金《かね》が出るならば、
みなさん身請《みう》けを
そーれ、頼みます。

〔梅が枝の手水鉢を叩くことによって、お金が私のもとに来るならば、私は朋輩《ほうばい》の娘たちが自由の身になれるように交渉しよう。[5]〕

このことがあってから、〝無間の鐘〟の名は大いに高まり、大勢の人が梅が枝の手本にならった――彼女の幸運にあやかろうとしたのである。こうした手合いの一人に、無間山に程近い大井川のほとりに住む放蕩者の百姓がいた。飲めや歌えの生活をして身代《しんだい》をつぶしたこの百姓は、庭の泥でもって〝無間の鐘〟の土の雛形《ひながた》をこしらえると、泥の鐘を打って壊した――たくさんの富を恵みたまえと大声で叫びながら。

すると、目の前の地面から、白衣をまとった女の姿が立ち現われた。女は長い髪を流れるように垂らし、蓋をした壺を持っていた。女は言った。「そなたの熱心な祈りにこたえて、相応の報いを与えに来たのだ。されば、この壺を受け取るがよい」女は

3　このエピソードは、浄瑠璃の「ひらかな盛衰記」で有名。
4　梶原景季は源氏の武士だが、ハーンの原文に従った。
5　ハーンの英訳をその通り日本語に訳したけれども、ハーンは後半二行の解釈を誤っている。

そう言って壺を男の手に渡すと、姿を消した。

男は大喜びで家へ駆け込み、女房に吉報を伝えた。蓋をした壺を――それはずっしりと重かった――女房の前に置いて、二人で開けた。すると、壺の口まで一杯に入っていたのは……

だが、やめておこう――壺に何が入っていたかは、とても申し上げられない。

食人鬼《じきにんき》

昔、禅宗の僧、夢窓国師《むそうこくし》が美濃の国を一人で行脚《あんぎゃ》していると、山中で道に迷い、あたりには道をたずねるべき人もいなかった。長い間あてどなく彷徨《さまよ》い、その夜の宿を見つけることはもう諦めかけていた頃、夕陽の残照に照らされた丘の頂《いただき》に、「庵室《あんじつ》」という、独り住居《ずまい》の僧のために建てる小さな庵《いおり》があるのに気づいた。そこは荒れ果てているようだったが、急いで行ってみると年老いた僧が住んでいたので、一夜の宿の恵みを乞うた。老僧はむげに断ったが、ある小さな村への道を夢窓に教えてくれた。その村は隣の谷にあり、そこへ行けば宿と食べ物が得られるというのだった。

夢窓は村に辿《たど》り着いた。そこにはわずか十二、三軒の農家があるきりだったが、村長《むらおさ》の住居に温かく迎えられた。夢窓がやって来た時、広間に四、五十人の人が集まっていたが、彼は小さい離れに通され、さっそく食べ物と寝床が用意された。夢窓はひどく疲れていたので、早々《はやばや》と寝《しん》に就《つ》いたが、真夜中少し前、次の間《ま》で大きな泣き声がするのに目を醒まされた。やがて襖《ふすま》が静かに開き、若い男が明かりのついた行燈《あんどう》をさげて部屋に入って来ると、恭《うやうや》しく挨拶をして、言った。

「御出家《ごしゅっけ》様、残念ですが、てまえは今この家の責任ある主《あるじ》となったことを、申し上げねばなりません。昨日まではただの長男でございました。けれども、貴方様がこちらへいらした時、お疲れのようでしたので、気兼《きが》ねをなさることのないようにと思いまして、父がほんの一刻《いっとき》ほど前に亡くなったことを申し上げなかったのです。次の間《ま》でごらんになった人々は、この村の衆です。みんな故人に最後の別れを告げにここへ集まって来たのですが、今から一里ほど離れたべつの村へ行くところです——と申しますのも、この村の習慣で、人死《ひとじ》にがあったあとは、夜間この村に誰もとどまってはならないからです。てまえどもは然《しか》るべき供物をあげて、祈ります——それから、亡《なき》骸《がら》を置いて出て行くのです。こうして亡骸を置いて行った家では、必ず奇妙なことが起こりますので、御出家様もてまえどもと一緒においでになった方がよろしいかと存《ぞん》じます。向こうの村に良い宿を見つけてさしあげますから。けれども、貴方様はお坊様でございますから、魔物や悪霊など恐ろしくはないかもしれません。亡骸と共に一人でお残りになるのが怖くなければ、どうぞ御自由に拙宅《せったく》をお使いになってください。一ですが、お坊様でもなければ、今夜ここに残る勇気のある者は一人もいないと申し上げねばなりません」

夢窓はこたえた。

「御厚意と篤《あつ》いおもてなしに重々感謝いたします。ですが、私が参りました時に、御尊父の亡くなったことをおっしゃらなかったのは、残念です——少し疲れてはおりましたが、僧の義務《つとめ》を果たせないほど疲れてはおりませんでしたからな。言ってくだされば、あなた方が行かれる前に経を読んでさし上げることもできたでしょうに。しかし、そういうことなら、お出かけになられたあとで読経をいたしましょう。そして朝まで御遺骸のそばにおりましょう。ここに一人でいると危ないとかおっしゃいましたが、それはどういう意味か存じませぬ。しかし、幽霊も魔物も怖くはありませぬ故、私のことはどうぞ御心配くださいますな」

若者はそう請《う》け合われて喜んだらしく、ねんごろに礼を言った。それから、家族の者と隣の部屋に集まった人々が、僧の親切な約束を伝えられて、礼を言いに来た——そのあとで、家の主《あるじ》が言った。

「それでは、お坊様、お一人で残して行くのは心苦しいのですが、お別れしなければなりません。この村の掟で、真夜中を過ぎたら、誰もここにいてはならないのです。

てまえどもがおそばにおりません間、どうかくれぐれも御身《おんみ》をお大切になさってください まし。それで、てまえどもがいない間に、もしも怪しいことを見たり聞いたりなさいましたならば、明朝戻って参りました時、そのことをお聞かせくださいまし」

一同が家をあとにすると、残った僧は遺体が寝ている部屋へ行った。亡骸の前には通常の供物がそなえられ、仏教徒の使う小さな燈火《あかり》――燈明《とうみょう》――が燃えていた。僧は経を読んで葬いの儀礼をし――そのあと、瞑想に入った。五、六時間無言で瞑想をつづけ、人のいなくなった村には物音ひとつしなかった。だが、夜の静けさがもっとも深くなった頃、おぼろで巨大な一つの〝形〟が音もなく入って来た。その瞬間、夢窓は身体を動かすことも、しゃべることもできないのに気づいた。〝形〟は両手で抱えるように亡骸を持ち上げると、猫が鼠を食うよりも早く、貪《むさぼ》り食った――頭から食いはじめて、髪の毛も、骨も、経帷子《きょうかたびら》まで何もかも食べてしまった。恐ろしい化物はこうして死骸を食らい尽くすと、供物の方を向いて、それも食べた。それから、来た時と同じように、いつのまにか消えてしまった。

翌朝、村人たちが戻って来ると、僧は村長《むらおさ》の家の戸口で待っていた。みなかわるがわる僧に挨拶をして、家に入ると部屋の中を見まわしたが、死体と供物が消えているのに誰も驚くそぶりを見せなかった。しかし、家の主は夢窓に言った。

「御出家さま、きっと夜の間にいやなものをごらんになったでしょう。てまえどもはみな、あなたさまのことを案じておりました。でも、生きて御無事でおられるのを見て、本当に嬉しく思います。できることなら、てまえども一緒にいたかったのです。けれども、昨夜《ゆうべ》申し上げた通り、人死にがあったあとは家を出て、亡骸だけ置いてゆかねばならない決まりなのです。これまで、この掟を破りますと、必ず大きな禍《わざわい》が起こりました。掟の通りにいたしますと、いつもてまえどもが留守の間に、亡骸と供物が消えてしまうのです。もしかすると、あなたさまはその原因をごらんになったかもしれませんが」

そこで、夢窓はあのぼんやりした恐ろしい〝形〟が死人の部屋へ入って来て、死体と供物を貪り食ったことを語って聞かせた。その話を聞いても、誰一人驚く気色《けしき》はなく、家の主は言った。

「御出家さま、あなたさまがおっしゃったことは、昔からこの一件について言われていることと一致しております」

夢窓はそこでたずねた。

「丘にいるあの御坊は、この村で死んだ人のために葬いをしないのですか？」

「どちらのお坊さまでございます？」と若者はたずねた。

「昨日の夕暮れ、わたしにこの村への道を教えてくれた御坊です」と夢窓はこたえた。

「向こうの丘の上にある庵室《あんじつ》を訪ねたのです。泊めてはもらえませんでしたが、ここまでの道を教わりました」

聞く者はびっくりしたように顔を見合わせた。しばらく沈黙があってから、家の主が言った。

「御出家さま、あの丘の上にはお坊さまもおられませんし、庵室もございません。この近隣には、もう何代にもわたって、住職はいないのです」

夢窓はそれ以上、この話題に触れなかった。親切な主《あるじ》たちは、彼が妖怪に惑《まど》わされたと思っているようすだったからである。だが、人々に別れを告げ、この先の道中について必要なことをすっかり教えてもらうと、丘の上のあの庵をもう一度探して、自分が本当にだまされていたのかどうかを確かめようと腹を決めた。庵室はわけもなく見つかった。今度は、老いた庵主は夢窓を中へ招《しょう》じ入れた。入ると、隠者は彼の前に恭しくお辞儀をして、大声で言った。「ああ！　お恥ずかしい！——ほんとうにお恥ずかしい！——恥ずかしくて、なりませぬ！」

「宿をお借しくださらなかったからといって、そんなに恥ずかしがるには及びませんよ」と夢窓は言った。「向こうの村への道を教えてくださったではありませんか。あそこではたいそう手厚くもてなされましたから、お志《こころざし》に感謝いたします」

「わしは誰方《どなた》もお泊め申すことはできませんのじゃ」と世捨て人はこたえた——「それに、恥ずかしいのは宿をことわったからではありませぬ。正体を見られたのが恥ずかしいのでござる——というのも、昨夜《ゆうべ》あなたの前で亡骸と供物を貪り食ったのは、このわしだったのですじゃ……じつは、御坊、わしは食人鬼《じきにんき》*1——人間の肉を食う者——なのでござる。わしを哀れと思《おぼ》し召して、かような身と成り果てた秘密の咎《とが》を懺悔《ざんげ》させてくだされ。

ずっと、ずっと昔、わしはこのうら寂しい土地の僧でござった。何里四方に、ほかに僧はおりませなんだ。それで、当時は山里の者が死ぬと、遺骸はここへ——時にはうんと遠方からも——運ばれて来て、わしが亡骸の傍らで尊いお経を誦《ず》したのです。

しかし、わしはただ商売として経を読み、葬いをしたにすぎませんでした。——この神聖な職業によって得られる衣食のことしか考えておらなかったのでござる。このわがまま勝手な邪心のゆえに、わしは死ぬと、たちまち食人鬼に生まれ変わりました。それからと申すもの、この地方で死んだ人間の亡骸《むくろ》を食って生きねばならなくなったのでござる。昨夜ごらんになったようなやり方で、すべての人の骸を貪り食わねばならないのです。……そこで、御坊にお願いいたしますが、どうかわしのために施餓鬼*2を行ってくだされ。お頼み申します。この恐ろしい境涯から早く逃《のが》れられるように、御祈禱によってわしを助けてくだされ」……

この願いを言うや否や、隠者の姿は掻き消え、同時に庵も消えた。気がつくと、夢窓国師は丈高く生い茂った草の中に、独り跪《ひざまず》いていた。傍らには五輪石《ごりんいし》*3と呼ばれる形の古い苔《こけ》むした墓石があり、それはくだんの僧の墓とおぼしかった。

原註

*1 文字通り訳すと、人間を食う妖怪《ゴブリン》である。日本語の語り手は「ラークシャサ（羅刹《らせつ》）」

というサンスクリット語も用いているが、ラークシャサには多くの種類があるから、この言葉は「食人鬼」と同じくらい曖昧である。ここでは、「食人鬼」という言葉は、明らかに〝婆羅門《ばらもん》羅刹餓鬼〟の一種を意味している——これは古い仏典に数え上げられている二十六種の餓鬼の一つである。

＊2　施餓鬼とは、餓鬼（プレータ）すなわち餓えた霊の境涯に堕《お》ちたとされる者のために行う、仏教の特殊な法会《ほうえ》である。こうした法会についての簡単な説明が『日本雑記』にあるので、参照されたい。

＊3　文字通り訳すと、「五つの輪（ないし五つの帯）の石」。重ねた五つの部分からなる墓標で——各部分は違った形をしており——五大すなわち地、水、火、風、空を象徴する。

むじな

東京の赤坂に紀の国坂——これは〝紀伊の国の坂〟を意味する——という坂道がある。なぜ紀伊の国の坂と呼ばれるのかは知らない。[1] この坂道の片側には、深くて非常に幅の広い昔からの濠《ほり》があり、高い緑の土手がそそり立って、その上は何かの庭園になっている。——そして道の反対側には、皇居の塀が長く高々とうちつづいている。街燈と人力車の時代が来る前、このあたりは暗くなると非常に寂しいところで、遅い時刻に歩く者は、日が暮れてから独りで紀の国坂を上るよりは、何マイルも遠まわりをしたものだった。

なぜかというと、かつてそこを〝むじな〟が歩いたからである。

〝むじな〟を最後に見た人間は京橋界隈《かいわい》の年老いた商人で、もう三十年ほど前に亡くなった。以下は、その人が語った話である——

ある晩遅く、彼が紀の国坂を急いで上って行くと、濠端《ほりばた》に女がたった一人でしゃがみ込み、ひどく泣いていた。身投げでもしはしないかと心配になった商人は、自分の力の及ぶことなら助けてやるか慰めてやろうとして、足をとどめた。女はほっそりした上品な姿形で、綺麗な着物を着ていた。髪の結《ゆ》い方は、どこか良家の娘のようであった。

「お女中」*[1] 彼は女に近寄って、声をかけた――「お女中、そんなにお泣きなさるな！……お困りのわけを言ってください。お助けする道があれば、喜んでお助けしましょうほどに」（商人は本気でそう言ったのだ。たいそう親切な人だったから）けれども、女は泣きつづけた――長い一方の袖で顔を隠しながら。「お女中」彼はもう一度、できるだけ優しく言った――「どうか、どうか私の言うことを聴いてください。……ここは若い娘御《むすめご》が夜に来るところではありません。頼むから、泣くのはおやめなさい――ただ、どうすればお役に立てるか、おっしゃってください」女はゆっくりと立ち上がったが、こちらに背を向けて、袖の蔭でなおも呻《うめ》いたり、しゃくり上げたりしている。彼は女の肩に軽く手をかけて、言った。「お女中！――お女

1　もと紀州侯の藩邸があったから。

中！――お女中！……ちっとの間《ま》でいいから、私の言うことをよくお聴きなさい！……お女中――お女中！」……すると、その〝お女中〟はふり返って、袖を下に落とし、顔を手でつるりと撫《な》でた――その顔には、目も鼻も口もないのを男は見て――悲鳴を上げて、逃げ出した。

彼は紀の国坂を必死で駆け上がった。目の前は真っ暗で、がらんとしていた。一度もうしろをふり返らずに、どこまでも走ってゆくと、やがて提燈《ちょうちん》の明かりが見えたが、たいそう遠いので、蛍火《ほたるび》のようだった。彼はそちらへ向かって走った。それは道端に屋台を据えた行商の蕎麦売り[*2]の提燈にすぎなかった。しかし、あんな目にあったあとでは、どんな明かりでも、どんな人間でもありがたい。彼は蕎麦売りの足下に、とび込むように身を投げだして、叫んだ。

「ああ！――ああ！――ああ!!」

「これ！　これ！」蕎麦屋は荒っぽく言った。「おい！　どうしたんだね！　誰かにやられたのかい？」

「いや――誰にもやられはしない」と相手は息を切らして言った――「ただ……ああ！――ああ！……」

「――驚かされただけなのかい？」行商人はすげなくたずねた。「泥棒かい？」「泥棒じゃない――泥棒じゃない」おびえた男は喘《あえ》ぎながら、言った……「いたんだ……女がいたんだ……濠のそばで――その女はわたしに見せた……ああ！　何を見せたかは、とても言えやしない！」……

「へえ！　おまえさんに見せたってのは、こんなものじゃなかったかい？」蕎麦屋はそう言うと、自分の顔をつるりと撫でた――すると、顔はたちまち卵のようになった……同時に、明かりがふっと消えた。

原註

＊1　お女中 O-jochū（「高貴な娘」）――身分の高い、見知らぬ若い婦人に話しかける時、使う敬語。

＊2　蕎麦 soba は蕎麦粉で調製する食品で、ヴェルミチェッリにやや似ている。

ろくろ首

今から五百年ほど前、九州の菊池公に仕える磯貝平太左衛門武連《いそがいへいだざえもんたけつら》という侍がいた。この磯貝という男は猛々《たけだけ》しい先祖代々の血を受けついで、生来武芸の才に恵まれ、人並外《はず》れた力持ちであった。まだ少年《こども》の頃から剣術、弓矢、槍術にかけては師匠たちを凌《しの》ぎ、勇猛果敢にして腕達者な戦士のあらゆる能力を示していた。のちに永享《えいきょう》の乱の折[*1]、大きな手柄を立てて、高い栄誉を授かった。しかし、菊池家が滅びると、磯貝は主君を持たぬ身となった。その時、べつの大名に召し抱えられることは容易であったろうが、己一人のために出世しようとは少しも思わなかったし、その心は以前の主君に忠実だったので、俗世を捨てることを選んだ。それで髪をおろし、旅の僧となった——僧としての名を回竜《かいりょう》と名のって。

だが、回竜は、僧の「ころも」[*2]の下に熱い侍の心を持ちつづけていた。かつて危険をものともしなかったように、今は苦難を何とも思わず、天候がどうであろうと、春夏秋冬、尊い〝法〟を説くために、他の僧がおそれをなして行かぬような場所を旅した。というのも、当時は暴力と混乱の時代で、たとえ僧侶であろうと、街道の一人旅は安全ではなかったからである。

最初の長旅の途中、回竜は甲斐《かい》の国を訪れる機会があった。ある日の夕暮れ、この国の山地を旅していると、村里から何里も離れたひどく寂しいところで、あたりが真っ暗になってしまった。そこで、やむなく星空の下で一夜を明かすことにし、路傍に適当な草むらを見つけると、そこに横になって眠ろうとした。彼はいつでも不自由に甘んじ、ほかにましなものがなければ、裸の岩も彼にとっては心地好い寝床だったし、松の木の根も結構な枕だった。彼の身体は鉄《くろがね》のようで、夜露も、雨も、霜も、雪も気にしなかった。

身を横たえるとほとんど同時に、一人の男が、斧《おの》を持ち、大きな薪《まき》の束を背負って、道をやって来た。この木樵《きこり》は回竜が寝ているのを見ると立ちどまり、しばらく黙って様子を見ていたあと、たいそう驚いたような口調で話しかけた。

「こんなところにたった独りでおやすみになるとは、あなたさまはどういうお方なのでございます？……ここいらには怪しいものが出ます――それはたくさん出るのです。

〝けだもの〟が怖くないのですか?」

「友よ」と回竜は明るくこたえた。「わしは回国の僧にすぎない――『雲水の旅客』と世に謂《い》うものだ。それに〝けだもの〟など少しも恐ろしくはない――そなたの言うのが化狐《ばけぎつね》や、化狸《ばけだぬき》や、その類《たぐい》の生き物のことならばな。ここは寂しい場所であるが、わしはそういうところが好きなのだ。瞑想に適しておるのでな。野天で眠るのには慣れておるし、修行して、けして命を気にかけぬことをおぼえた」

「お坊さまは本当に勇敢なお方にちがいありませぬ」と木樵はこたえた。「ここにお寝《やす》みなさるとは! ここは悪名高いところです。――本当に悪名が高いのです。ですが、『君子危《あや》うきに近寄らず』と諺《ことわざ》にも申しますし、ここで眠るのは大変危険なのです。ですから、ひどい茅屋《あばらや》ではございますが、どうぞ、今すぐわたしの家へ来てくださいまし。食べる物は何もございませんが、それでも屋根だけはありますから、安心してお眠りになることができます」

男は熱心に勧めた。回竜はその親切な口ぶりを好もしく思ったので、このつつましい申し出をうけた。木樵は彼を案内して狭い小径を通り、本道から外《そ》れて山の森の中を登って行った。それは険《けわ》しい危険な道だった――ある時は崖っぷちを通り――ある時は、からみ合ってつるつると滑《すべ》る木の根のほかに足場とてなく——ある時は尖《とが》った大岩を越え、あるいは岩の間をくぐり、めぐりめぐって先へ進んだ。けれども、ようやく回竜は山の上のひらけたところに出た。頭上には満月が輝いていた。目の前に小さな草葺《くさぶ》きの小屋があり、中から楽しげな明かりが洩れていた。木樵は回竜を家の裏手の軒下に連れて行った。そこには、どこか近くの流れから竹の筧《かけい》で水を引いてあり、二人の男は足を洗った。軒下から向こうを見ると、菜畑と杉の林と竹藪《たけやぶ》があった。そして木々の向こうに、どこか高いところから落ちて来る小さな滝の水がきらめき、月光の中で長く白い衣のように揺れていた。

回竜が案内者と共に小屋へ入ると、四人の男女が、大きい部屋の「ろ」[*3]に焚《た》いた小さな火で手を温《あたた》めていた。かれらは僧に向かって深々と頭を下げ、いとも丁重に挨拶をした。このように貧しく、人里離れた場所に住む人々が上品な挨拶の仕方を知っているのを、回竜は不思議に思った。「立派な人々だ。誰か礼儀作法を心得た人から習ったにちがいない」そう思って、ここへ連れて来た男——ほかの者は「あるじ」、すなわち家の主人と呼んでいた——に向かって、回竜は言った。

「そなたのやさしい話しぶりといい、家の方々の丁寧な御挨拶といい、もとから木樵でいらしたのではないようにお見受けする。もしや、以前は名家のお人だったのではありませぬか?」

木樵は微笑《ほほえ》んでこたえた。

「まことに、おっしゃる通りです。今はごらんの通りの暮らしをしておりますが、かつてはいささか身分のある人間でございました。私の身の上を申し上げれば、零落《れいらく》の人生の物語になります——己の咎のゆえに零落したのです。以前はさる大名の家臣で、中々に重い役目をつとめておりました。ところが、酒色に耽り、いっときの思いに駆られて、悪いことをしでかしました。私の身勝手な行いのために家は滅び、大勢の人間が命を落としました。その報いで、長い間、この土地に逃亡者として身を潜《ひそ》めておりました。今は何とかして悪事の償《つぐな》いをし、先祖代々の家を再興できるようにと、常日頃祈っているのです。ですが、そうする方途《みち》はとても見つかりそうにありませぬ。それでも、心から悔悟し、力の及ぶ限り不幸せな人を助けて、過《あやま》ちの業《ごう》に打ち克《か》とうとしているのです」

回竜はこの殊勝な決心を聞いて喜び、あるじに言った。

「友よ、わしがこれまで見てきたところによれば、若い頃に愚かなことをしがちだった人間が、後年まことに真面目になって、正しい暮らしをすることもあるのだ。悪に強い者は、心がけさえ良ければ善にも強くなれる、と尊《とおと》いお経にも書いてある。そなたが善心を持っていることは疑いないから、好運に恵まれることをわしは望む。今夜はそなたのために経を上げて、過去の過ちの業に打ち克つ力を持てるようにお祈りいたそう」

回竜はこうして請け合うと、あるじに就寝の挨拶をした。主人は彼をごく狭い脇間《ま》へ通し、そこには寝床がのべてあった。一同はそれから寝たが、回竜だけは行燈の明かりで経を読みはじめた。夜更けまで経を読み、祈りつづけた。それから小さい寝《ね》間《ま》の窓を開けて、寝る前にもう一度景色を見ようとした。美しい夜だった。空には雲一つなく、風もなく、さやかな月の光が木の葉の黒い影をくっきりと地面に落とし、庭の露にきらきらと光っていた。蟋蟀《こおろぎ》や鈴虫の声が騒々《そうぞう》しい楽の音を奏でて、近くにある小滝の音が、夜が更けるにつれて深くなりまさった。回竜は水音を聞いているうちに喉《のど》が渇いて来たので、家の裏手に竹の筧があったのを思い出し、あそこへ行けば、家人《かじん》の眠りを醒まさずに水が飲めるだろうと思った。自分の部屋と大きい部屋を隔《へだ》てる襖《ふすま》をそっと開けると、行燈の明かりで横たわる五人の姿が見えたが、その胴体には——何と、首がなかった！

回竜は一瞬、うろたえて立ちどまった——何か犯罪が行われたかと思ったのである。だが、次の瞬間に気づいたのは、血も流れていないし、頭のない頸《くび》は斬られたように見えないことだった。それで、回竜は思った。「これは妖怪の見せる幻だ。さもなくば、わしは〝ろくろ首〟の棲家《すみか》におびき寄せられたのだ……『捜神記』[1]に書いてあるが、首のない〝ろくろ首〟の胴体を見つけたら、その胴体をべつの場所に移すと、頭は二度と頸につながることができないという。また、あの本によれば、頭が戻って来て、胴体がよそへ移されたのに気がつくと、床に三度《みたび》ぶつかって——毬《まり》のように跳ね——恐れおののくように息を切らして、じきに死んでしまうのだそうだ。さて、こいつらがもし〝ろくろ首〟なら、わしに何か悪さをするつもりだろう——それなら、あの本の教え通りにしても、かまうまい」……

彼はあるじの両足をつかんで、身体を窓際まで引き摺《ず》り、家の外に押し出した。それから裏口にまわったが、そこはかんぬきがさしてあったので、首どもは、開け放してある屋根の煙出しから出て行ったのだと思われた。彼はそっと扉のかんぬきを外し、庭へ出て行くと、あらゆる用心を払って、庭の向こうの林へ向かって行った。林の中で話し声がしたので、声のする方へ――物蔭から物蔭へ忍び足で近づくと、手頃な隠れ場所があった。やがて、木の幹のうしろから、首どもが――全部で五つ――あたりを飛びまわりながら、しゃべっている姿をみとめた。連中は地面や木の間に見つけた虫を食べているのだった。そのうち、あるじの首が食べるのをやめて、言った。

「ああ、今晩来た、あの旅の僧――何て肥《こ》えた身体つきをしていやがるんだろう！　あいつを食ったら、おれたちの腹もくちくなるだろうよ……あんな話をしたのはどじだったなあ――おかげで、あいつ、俺の魂のために経を読みはじめちまった！　経を読んでいる間は、あいつに近づくのは難しいし、祈っている限り、あいつに触れることはできない。だが、もう明け方も近いから、きっと寝てしまっただろう……誰か家へ行って、あいつがどうしているか見て来い」

べつな首――若い女の首――がすぐに舞い上がって、蝙蝠《こうもり》のように軽《かろ》やかに、家へ

1　晋《しん》の干宝《かんぽう》作の小説集。その巻十二に秦の時代の話として、「落頭民」という、首が飛んでゆく種族のことが載っている。

ヒラヒラと飛んで行った。しばらくすると戻って来て、ひどく不安そうなしゃがれ声で叫んだ。

「あの旅の僧は、家にいないよ——行ってしまったのよ！　でも、悪いことはそれだけじゃない。あいつはあるじの身体を持って行ってしまって、どこへやったかわからないよ」

これを聞くと、あるじの首は——月の光ではっきりと見えたが——凄まじい形相《ぎょうそう》になった。両眼をかっと見開き、髪の毛は逆立ち、ギリギリと歯嚙みをした。やがて、その唇《くち》からわっと泣き声が出て——忿怒《ふんぬ》の涙を流しながら——こう叫んだ。

「身体を動かされてしまったからには、もうもとへ戻ることはできぬ！　されば、俺は死なねばならぬ！……それもこれも、あの坊主の仕業《しわざ》だ！　死ぬ前にあの坊主をつかまえてやる！——八つ裂きにしてやる——貪《むさぼ》り食ってやるぞ！……何と、あそこにいるではないか——あの木の蔭に！——あの木の蔭に隠れているぞ！　そら、見ろ！——あの肥《ふと》った臆病者《おくびょうもの》を！」……

とたんに、あるじの首は、他の四つの首をしたがえて回竜にとびかかった。しかし、強者《つわもの》の僧はすでに一本の若木を引き抜いて武器にしていた。その木で飛んで来る首どもを殴りつけ、凄まじい勢いで打ち払い、寄せつけなかった。首のうちの四つは逃げて行った。だが、あるじの首だけは、叩かれても叩かれても、必死に僧にとびかかって、とうとう左の袖に食らいついた。回竜はすかさず首の髷《まげ》をつかむと、さんざんに打ち据えた。首はいっかな袖を放さなかったが、長い呻《うめ》き声を上げると、それきり抗《あらが》うのをやめた。死んだのだ。それでも歯は袖を食いしめていて、力の強い回竜だったが、口をこじ開けることができなかった。

彼は首を袖からぶら下げたまま、家に戻った。そこにはほかの四人の〝ろくろ首〟が、痣《あざ》だらけの、血の流れる首を胴体に戻し、うずくまって身を寄せていた。しかし、回竜が裏口に現われたのに気づくと、「あの坊主だ！　あの坊主だ！」といっせいに悲鳴を上げて——もう一つの戸口から森へ逃げ出した。

東の空が白《しら》んで来た。もうじき日が昇るのだ。妖怪の力は夜の間しか働かないことを回竜は知っていた。彼は袖に食らいついている首を見た——その顔は血と泡と泥にまみれていた——回竜はこう思いながら、大声で笑った。「何という〝みやげ〟*4だろう——妖怪の首とは！」それから、わずかな持物を取り集めると、悠然《ゆうぜん》と山を下りて、旅をつづけた。

そのまま行くと、やがて信濃の諏訪《すわ》に着いた。回竜は肘先から首をぶらぶらさせて、堂々と諏訪の大通りへ歩み入った。女たちは気を失い、子供たちは悲鳴を上げて逃げだした。まわりに大きな人だかりがして騒いだので、しまいに捕吏《とりて》（当時の警察はそう呼ばれていた）が僧を捕《とら》え、牢屋へ連れて行った。首は殺された男の首で、殺される間際《まぎわ》に、下手人《げしゅにん》の袖に食らいついたものと考えたからである。回竜はというと、取り調べをうけても、ニヤニヤ笑っているだけで何も言わなかった。それで、牢内で一夜を過ごしたのち、土地の役人の前に引き出された。それから、申し開きをせよと命じられた――僧侶の身でありながら、袖に人間の首をつけて歩いているとは、一体どういうわけなのか、また何故《なにゆえ》に、恥ずかしげもなく、罪を衆目にさらしたのかを。

こうしたことを問われると、回竜は長いこと大声で笑い、それから言った。

「みなさま方、愚僧が袖に首をひっつけたのではござらぬ。首がそこにひっついたのでござります――愚僧の意に反してな。それに、愚僧は何の罪も犯してはおりませぬ。これは人間の首ではないからでござります。妖怪の首ですのじゃ。――愚僧がその妖怪を死に至らしめたとしても、血を流して殺したのではなく、己の身を守るために必要なそなえをしたまでなのでござる」……そう言って、事の次第を物語り――五つの首と戦ったくだりを語ると、また愉快そうに大笑いした。

しかし、役人たちは笑わなかった。回竜を筋金入りの罪人だと思い、彼の話は自分たちを愚弄《ぐろう》するものだと思った。そこで、さらなる詮議《せんぎ》はやめ、即刻処刑を命じることにしたが――ただ一人、たいそう年老《としと》った役人だけはちがった。この老役人は審《さば》きの間、ずっと黙っていたが、同役たちの意見を聞くと、立ち上がって言った。

「その前に、まず首を仔細《しさい》に検分してみましょう。まだ、それをやっておらぬようですからな。もしもこの僧の言うことが本当なら、首に証拠《あかし》があるはずである……首をこちらへ！」

そこで、回竜の肩から脱がせた「ころも」にまだ食らいついている首が、役人たちの前に置かれた。老役人はそれを何度も回し見て、入念に吟味したところ、うなじにいくつか奇妙な赤いしるしがついているのを見つけた。彼はこれに同役たちの注意をうながし、また、頸の端《はし》のどこにも刃物で斬られたような跡がないのを見なさい、と言った。それどころか、首の分かれ目は、落葉が枝から離れたところのように滑らかだった……すると、この長老は言った。

「この僧の申し立ては、まさしく本当のことと存《ぞん》ずる。これは〝ろくろ首〟の首じゃ。

『南方異物志』[2]と申す書物に、本当の〝ろくろ首〟のうなじには、必ずある種の赤いしるしがある、と記してある。そのしるしがあり申す。描いたものでないことは、おのおの方《がた》、御自分でおたしかめになれよう。それに、古《いにしえ》よりこうした妖怪が甲斐の国の山中に棲むことは、周知の通りである。……しかし、御坊」老人は回竜の方を向いて、大きな声で言った――「御坊は何という気丈な出家であろう。まったく、僧にはめったにない勇気を示されたし、それに、僧というよりも武人の風格がおありじゃ。おそらく、以前は侍の身分であられたのだろうな」

「いかにも、御推量の通りでござる」と回竜はこたえた。「得度《とくど》する前は、長いこと弓矢とる身でござった。その当時は、人も魔物もけして恐れはし申さなかった。当時の名は、九州の磯貝平太左衛門武連と申しました。みなさま方のうちに、あるいは御記憶の方もいらっしゃるかも知れませぬ」

　その名前を口に出すと、感歎のささやきが法廷を満たした。その名を憶えている者が大勢居合わせていたからである。気がつけば、回竜は判官《はんがん》ではなく友人たちに――兄弟のような親しさで感歎の念を示そうとしている友人たちに囲まれていた。一同は回竜を丁重に大名の館へ連れて行き、大名は回竜を歓待して、宴を開いてもてなし、たっぷり贈物を与えてから、やっと出立《しゅったつ》することを許した。諏訪をあとにした時、回竜はたいそう幸福で、このはかない浮世にそれ以上幸福な僧はいないほどであった。首はどうしたかというと、彼はそれを持って行った――土産《みやげ》にするつもりなのだとふざけて言いながら。

さて、あとは、首がどうなったかをお話しするだけである。

諏訪を去って一両日してから、回竜は盗賊に遭《あ》った。盗賊は寂しい場所で彼を呼びとめ、着ている物を脱げと言った。回竜はすぐに「ころも」を脱いで、盗賊に渡した。盗賊はその時初めて、袖にぶら下がっているものに気づいた。追剝《おいはぎ》は勇敢な男だったが、さすがにギョッとした。着物を手から落として、うしろへ跳《と》びすさった。そうして、怒鳴った。「やい！――おめえは一体どういう坊主なんだ？　俺よりもひでえ悪党じゃねえか！　俺もたしかに人を殺したが、人間の首を袖にひっつけて歩きまわっ

2　唐の房千里の書。散佚《さんいつ》し、諸書に断片のみが伝わる。〝ろくろ首〟についての記述は寺島良安の『和漢三才図会』に引用されている。

たことなんか、ありはしねえ……なあ、お坊さんよ、どうやら俺たちは同業のようだが、本当を言って、おめえには感心するぜ！……ところで、その首は俺の役に立ちそうだ。人を脅《おど》かせそうだからな。そいつを売ってくれねえか？　おめえの衣と引きかえに、俺の着物をやろう。それに首の代金として五両やるぞ」

回竜はこたえた。

「たってというなら、首も着物もくれてやろう。だが、断っておくが――これは人間の首ではない。妖怪の首なのだ。だから、もしもそいつを買って、そのために何か困ったことが起きても、わしに騙《だま》されたのではないことを忘れないでもらいたい」

「何ていう御立派な坊様だ！」盗賊は叫んだ。「人を殺して、冗談にするとは！……だが、俺は本気なんだ。そら、俺の着物だよ。ここに金もある――だから、その首をよこしな……冗談なんか言って何になるんだ？」

「持っていけ」と回竜は言った。「わしは冗談を言ったのではない。ただ一つ、冗談といえば――冗談の種があるとすれば――おまえが妖怪の首に大金を払うほどの馬鹿者だということだ」そして回竜は高らかに笑いながら、立ち去った。

かくして盗賊は首と「ころも」を手に入れ、しばらくの間、街道でお化け坊主のふりをしていた。しかし、諏訪の近隣に至ると、あの首の本当の由来を知り、〝ろくろ首〟の霊が自分に祟《たた》りはしないかと不安になってきた。そこで意を決して、首をもとの場所に返し、胴体とともに葬ってやることにした。甲斐の山中の寂しい小屋を探しあてたが、そこには誰もおらず、胴体も見つからなかった。そこで、小屋の向こうの林に首だけを葬り、その上に墓石を立てると、〝ろくろ首〟の霊のために施餓鬼を行った。その墓石は――〝ろくろ首の塚〟と呼ばれて――（少なくとも、日本の物語作者が言うには）今でも見られるということである。

原註

＊1　永享年間は一四二九年から一四四一年にかけて続いた。

＊2　仏僧の着る服の上の部分をこう呼ぶ。

＊3　部屋の床にこしらえた一種の小さい炉をこのように呼ぶ。「ろ」は通常正方形の浅いくぼみで、金属で裏打ちしてあり、灰に半分満たされている。その中で炭を燃やす。

＊4　旅から帰った時、友達や家族に贈る物をこのように呼ぶ。もちろん、「みやげ miyagé」は本来、旅行した土地に産する物なので、ここが回竜の冗談の要点である。

葬られた秘密

昔々、丹波《たんば》の国に稲村屋源助《いなむらやげんすけ》という裕福な商人が住んでいた。彼にはお園《その》という娘があった。たいそう利発で縹緻良《きりょうよ》しだったので、田舎の師匠にできるような教育だけで育てるのは可哀想だと思い、信頼できる供の者を何人かつけて、娘を京都にやった。都の貴婦人たちが教わる上品な芸事を習わせるためであった。こうして教育をうけると、お園は父方の知り合い――「長良屋《ながらや》」という商人――のもとへ嫁《とつ》ぎ、四年近く夫と幸せに暮らした。子供も一人――男の子ができた。ところが、結婚して四年目にお園は病にかかって、死んだ。

葬式が済んだ晩、お園の幼い息子が、母さんが戻って来て、二階にいるよと言った。お園は息子に微笑みかけたが、口を利こうとしなかったので、子供は怖くなり、逃げて来たのだという。そこで家の者が何人か二階へ上がり、生前お園が使っていた部屋へ行ってみると、驚いたことに、その部屋にある仏壇にともされた小さな燈明《とうみょう》の明かりで、死んだ母親の姿が見えるではないか。彼女は箪笥《たんす》、すなわち抽斗《ひきだし》のついた箱の前に立っているようだったが、その箪笥には今も彼女の装身具や衣類が入っているのだった。頭と肩ははっきり見えたが、腰から下は次第にうっすらとなって、消えていた。――まるで鏡に不完全に映った姿のようで、水に映った影のように透きとおっていた。

家の者は怖くなって、部屋を出た。階下《した》にあつまって相談し、お園の姑《しゅうとめ》が言った。「女は小間物《こまもの》が好きだし、お園は自分の持物をたいそう大事にしておりました。きっと、それを見に来たのでしょう。持物を檀那寺《だんなでら》に納めずにおくと、死人はよくそういうことをするものです。お園の着物や帯を寺に寄付すれば、あれの魂もたぶん安心するでしょう」

一刻も早くそうした方が良いと一同の考えはまとまった。そこで、翌朝《あくるあさ》、抽斗を空《から》にして、お園の装身具や着物をみんな寺へ持って行った。ところが、お園はその晩も戻って来て、前のように箪笥を見ているのだった。次の晩も、その次の晩も、毎晩戻って来た――そのために、家は恐怖の家と化した。

そこで、お園の姑は檀那寺へ行き、住職に一伍《いちぶ》一什《しじゅう》を話して、幽霊について助言を求めた。寺は禅寺で、住職は太玄和尚《だいげんおしょう》という学識のある老僧だった。

和尚は言った。「その箪笥の中か、そのまわりに、何か嫁御の心にかかっているものがあるにちがいない」

「でも、抽斗はみんな空《から》にいたしました」と老女はこたえた――「箪笥には何も入っておりません」

「よろしい」と太玄和尚は言った。「今夜、わしが御宅へ参って、その部屋で番をいたし、どうすれば良いか考えてみよう。わしが番をしている間は、呼ばれぬかぎり、誰も部屋へ入らぬよう言いつけておきなさい」

日が暮れてから、太玄和尚がお園の家へ行くと、部屋にはもう用意ができていた。和尚はそこにただ独り残って経を読んだが、〝子《ね》の刻《こく》〟[*1]までは何も現われなかった。その時刻が過ぎると、お園の姿が突然、箪笥の前に形をあらわした。その顔はせつなそうな表情で、箪笥にじっと目を注いでいた。

和尚はこうした場合のために定められた経文《きょうもん》を口にすると、お園の戒名[*2]でその姿に呼びかけて、言った。「わしはそなたを助けるために、ここへ参った。おそらく、あの簞笥には、何か理由《わけ》があって、そなたの気にかかる物が入っているのであろう。わしが探してやろうか？」影は首を少し動かし、うなずくように見えたので、和尚は立ち上がると、一番上の抽斗を開けた。そこは空っぽだった。つづいて二番目、三番目、四番目の抽斗を開けた――抽斗のうしろや下も念入りに探し――簞笥の内側も念入りに調べた。何も見つからなかった。だが、お園の姿は相変わらず、せつなそうに見つめている。「何が望みなのだろう？」と和尚は考えた。やがて、ふと思いついたのは――抽斗の内に張ってある紙の下に何か隠してあるのかも知れない、ということだった。一番上の抽斗の中張りを剝《は》がしてみた――何もない。第二、第三の抽斗の中張りを剝がしてみた――やはり何もない。だが、一番下の抽斗の中張りの下に――一通の手紙が見つかった。「そなたが心を悩ましていたのは、こいつのことか？」と和尚はたずねた。女の影は彼の方をふり向いた――弱々しい眼差しは手紙にじっと注がれていた。「そなたに代わって、焼いてやろうか？」そうたずねると、女は和尚の前に頭を下げた。「朝になったら、早々に寺で焼き捨てよう」と和尚は約束した――「わし以外の誰にも読ませはしないぞ」女の姿はにっこりと微笑んで、消えた。

夜の明け初《そ》める頃、和尚が梯子段《はしごだん》を下りると、家中の者が階下《した》で心配そうに待っていた。「心配することはない」と和尚は言った。「もう二度と現われることはあるまい」果たして、その通りであった。

手紙は焼き捨てられた。それはお園が京都で学んでいた時にもらった恋文だった。しかし、何が書いてあったかを知るのは和尚ただ一人で、秘密は彼が死ぬとともに葬られたのである。

原註

＊1　子《ね》の刻《こく》 Né-no-koku（鼠の時）は、時間を計《はか》る昔の日本の方法では、第一時だった。これは我々の真夜中から午前二時までに相当した。昔の日本の一時《いっとき》は現代の二時間にあたるからである。

＊2　戒名《かいみょう》 Kaimyō は、死者に与えられる仏教徒の死後の名前、すなわち法名である。厳密に言うと、この単語の意味はシーラ名ということである。（『異国情調と回顧』所収の拙稿「死者の文学」を参照せよ。）

雪女

武蔵の国のある村に、茂作《もさく》と巳之吉《みのきち》という二人の木樵《きこり》が住んでいた。この話の出来事があった頃、茂作は老人で、徒弟の巳之吉は十八歳の若者だった。二人は毎日、村から二里ほど離れた森へ一緒に出かけて行った。森へ行く途中、広い川を渡らねばならなくて、そこには渡し舟があった。渡し場のあるところには何度も橋が架《か》けられたが、橋はそのたびに大水《おおみず》で流されてしまった。川の水嵩《みずかさ》が増すと、普通の橋ではその流れに耐えられなかったのだ。

あるたいそう寒い夕暮れ、茂作と巳之吉は帰る途中で、大吹雪《ふぶき》に遭《あ》った。渡し場まではたどり着いたが、船頭は舟を川の向こう岸につないで、どこかへ行ってしまった。とても泳げるような日ではない。木樵たちは渡し守《もり》の小屋に身を寄せて——逃げ込む場所があって運が良かったと思った。小屋には火鉢もなければ、火を焚《た》く場所もなかった。ほんの畳*1二畳の小屋で、扉は一つ、窓はなかった。茂作と巳之吉は戸をぴったりと閉め、蓑《みの》を被《かぶ》って横になった。初めのうちはさほど寒さも感じず、吹雪はじきにやむだろうと思っていた。

老人は横になるとすぐに眠り込んだが、若い巳之吉は長いこと寝つかれないで、恐ろしい風の音や、戸にたえまなく吹きつける雪の音に聴き耳を立てていた。川は唸《うな》り声を上げて、小屋は海に浮かぶ帆船《ジャンク》のように揺れ、ミシミシと軋《きし》んだ。凄まじい吹雪で、空気は刻々と冷えてきた。巳之吉は蓑の下で震えていた。しかし、ついに寒さも忘れて、彼も眠り込んだ。

彼は顔に雪がどっと降りかかったので目を醒ました。いつのまにか小屋の戸が力ずくで開かれ、雪明かりで、部屋の中に一人の女がいるのが見えた――全身白ずくめの着物を着た女だ。女は茂作の上にかがみ込んで、息を吹きかけていた――その息は、輝く白い煙のようだった。すると、女はすぐさま巳之吉の方をふり返って、彼の上にかがみ込んだ。巳之吉は叫ぼうとしたが、少しも声が出なかった。白衣の女は彼の上にだんだん低く身をかがめて、しまいに顔が触れるばかりになった。巳之吉は女がじつに美しいことに気づいた――けれども、その眼は恐ろしかった。女はしばらくの間、巳之吉をじっと見ていたが――やがて、にっこり微笑むと、こうささやいた。「おまえも、そちらの男のようにするつもりだった。だが、おまえを見ていると不憫《ふびん》でならぬ——まだ、そのように若いからだ……巳之吉、おまえは可愛い少年《こども》だから、今は害を加えまい。だが、もしも誰かに——たとえ、おまえの母親にでも——今夜見たことを話したならば、わたしにはそれがわかるぞ。その時は、おまえを殺す……わたしの言ったことを忘れるな!」

そう言うと、女は向こうを向いて、戸口から出て行った。すると、巳之吉は身動きができるようになり、跳び起きて、外をのぞいた。しかし、女の姿はどこにも見えず、雪が猛烈に小屋の中へ吹き込んで来た。巳之吉は戸を閉め、棒切れを五、六本かって、戸が開かないようにした。さっきは風が戸を吹き開けたのだろうか、と彼は思った——自分は夢を見ていただけで、戸口にさす雪明かりを白衣の女の姿と見間違えたのかもしれないと思ったが、たしかなことはわからなかった。茂作に声をかけてみたが、老人は返事をしないので、ギョッとした。暗がりに手を伸ばして、茂作の顔に触ると、まるで氷のように冷たかった! 茂作はかちんかちんに硬《こわ》ばって、死んでいた……

明け方には吹雪もやんだ。日が昇って少ししてから、渡し舟の船頭が小屋に戻って来ると、巳之吉が気を失い、凍え死んだ茂作の亡骸《なきがら》のそばに転がっていた。巳之吉はすぐに手当てを受け、やがて我に返った。しかし、その恐ろしい夜の寒さが身体にこたえて、長いこと病《や》んでいた。彼はまた老人の死んだことにもたいそう驚いたが、白衣を着た女の幻のことは何も言わなかった。身体が治ると、すぐに仕事に戻り——毎朝一人で森へ行って、日暮れには薪《たきぎ》の束を背負《しょ》って帰って来た。それを母親に手伝ってもらって、売った。

　翌年の冬のある晩、彼は家に帰る途中、たまたま同じ道を歩いていた旅の娘に追いついた。娘は背がすらりとして、たいそうな縹緻良《きりょう》しだった。巳之吉が挨拶すると、歌鳥の声のように耳に快い声でこたえた。それで、巳之吉は娘と並んで歩き、二人は話をはじめた。娘の名はお雪[*2]といって、近頃双親《ふたおや》をなくし、江戸に行くところなのだという。江戸には貧しいけれども親類がいるから、奉公口を見つけるのに力を貸してくれるかもしれない、と。巳之吉はやがて、この知らない娘に心を魅《ひ》かれた。娘は見れば見るほど綺麗に思えてきた。誰かもう言い交《か》わした相手がいるのかとたずねると、娘は笑って、そんな人はいないとこたえた。やがて今度は娘が巳之吉に、妻か許嫁《いいなずけ》はいるかとたずね、巳之吉はこたえた――自分には養わねばならない母親がいるだけだが、まだ若いから、「嫁御《よめご》」をもらうなどということは、今まで考えたこともない。……こうした打ち明け話をしたあと、二人は長い間、無言で歩きつづけたが、諺《ことわざ》にも言う通り、「気があれば、目も口ほどにものを言い」[1]である。村へ着く頃には二人とも相手がすっかり気に入っていて、巳之吉は家《うち》でしばらく休んで行け、とお雪に言った。娘は少し羞恥《はにか》んでためらったあと、巳之吉に跟《つ》いて行った。巳之吉の母は娘を歓迎して、彼女のために温かい食事の支度をした。お雪はたいそう態度振舞いが良かったので、巳之吉の母はたちまち彼女が気に入り、江戸へ行くのは延ばすように勧めた。そして、自然の成行として、雪はついに江戸へは行かなかった。「嫁御」として巳之吉の家にとどまったのである。

　お雪はじつに良い嫁だった。巳之吉の母親が――五年ほど経って――亡くなる時、最期の言葉は息子の女房を慈《いつく》しみ、讃《ほ》める言葉だった。お雪は巳之吉との間に十人の子供を生んだ。男の子も女の子もあり――みな縹緻良しで、じつに色が白かった。

田舎の衆は、お雪を生まれつき自分たちとは種類のちがう、不思議な人間だと思っていた。百姓女はたいてい早く老《ふ》け込むものだが、お雪は十人の子の母となっても、初めて村へ来た日と同じようにみずみずしく見えたのだった。

ある夜、子供たちが寝ついてから、お雪は行燈《あんどん》の光で縫い物をしていた。巳之吉はお雪を見ながら言った。

「おまえがそこで、顔を明かりに照らされて縫い物をするのを見ていると、俺が十八歳《じゅうはち》の時にあった不思議なことを思い出すよ。俺はその時、今のおまえみたいに美しくて、色の白い人を見たんだ——本当に、おまえにそっくりだった」……

お雪は縫い物から目も上げずに、こたえた。

「その人の話をしてくださいい……どこで会ったんです?」

それで巳之吉は、渡し守の小屋で過ごした恐ろしい夜のこと——自分の上に身をかがめ、にっこりしてささやいた〝白衣の女〟のこと——茂作老人が無言で死んでいた

1　ハーンは「物を言う mono wo iu」と記しているが訂正する。

ことなどをすっかり話した。そして言った。

「夢にも現実《うつつ》にも、おまえほど美しい女を見たのは、あの時だけだ。もちろん、あれは人間じゃなかったし、怖かったよ——じつに怖かったよ——でも、じつに色が白かった！……まったく、俺が見たのは夢だったのか、〝雪女〟だったのか、今もってよくわからない」……

お雪は縫い物を放り出すと、立ち上がって、坐っている巳之吉の上に身をかがめ、彼の顔に向かって金切り声を上げた。

「あれはわたし——わたし——わたしだったのじゃ！　雪だったのじゃ！　あの時、わたしはおまえに言ったな、このことを一言でも言ったら、殺すと……あそこに眠っている子供たちがいなかったら、たった今おまえを殺すところじゃ。かくなる上は、よくよく気をつけて子供たちを育てるが良いぞ。もしも、子供がおまえに不平を言うべき理由でもあれば、それ相応の目に遭わせてやろうほどに！」……

そう叫んでいるうちにも、女の声は風の叫びのようにかすれていった——それから、女は溶けて、輝く白い霧となり、渦巻いて屋根の梁《はり》まで上って行くと、震えるように煙出しから出て行った……それきり、お雪の姿を見た者はいなかった。

原註

＊1　すなわち、約六フィート平方の床面となる。

＊2　「雪」を意味するこの名前は、珍しくない。日本人の女性の名前については、『明暗』所収の拙稿を参照せよ。

青柳の物語

文明年間〔一四六九―八六〕[1]、能登《のと》の太守、畠山義統《はたけやまよしむね》の家臣に友忠《ともただ》という若い侍がいた。友忠は越前の生まれだったが、幼小の頃、小姓《こしょう》として能登の大名の館に引きとられ、彼《か》の君侯の監督のもとに武芸を学んだのだった。長ずるに及び、文武両道に秀《ひい》でた才をあらわし、君侯のおぼえは相変わらずめでたかった。生来気立てが良く、人との接し方にも愛嬌があり、またたいそうな美男子だったので、朋輩《ほうばい》の侍たちからも感心され、大いに好かれていた。

友忠が二十歳《はたち》の頃、京都の大大名で、畠山義統の親戚にあたる細川政元《ほそかわまさもと》のもとへ、内密の使命をおびて遣《つか》わされた。越前の国を抜けて行くように命ぜられたので、若者は道中、寡婦《やもめ》の母を訪ねたいと願い出て、許された。

彼が出立したのは、一年のうちでもっとも寒い時季だった。野山は雪におおわれ、力強い馬に乗ってはいたが、ゆっくりと進まねばならなかった。彼の行く道は山地を通るのだったが、そこには集落もごくわずかで、散り散りにあるばかりだった。旅の二日目、何時間も馬に乗って疲れ果てていたが、目あての旅舎には夜更けにならねば着かないことがわかって、これは困ったと思った。不安になるのも無理はなかった——大吹雪がおそろしく冷たい風をともなって近づいていたし、馬も疲労の色を見せていたからである。しかし、そんな窮地《きゅうち》にあって、友忠は思いがけなく藁葺《わらぶ》きの小屋をみとめた。小屋は柳の木が生えている近くの丘の上にあった。彼は疲れた馬を励ましながら、やっとの思いでその家に辿り着き、風が吹くので閉めきってあった雨戸を、大きな音を立てて叩いた。一人の老女が雨戸を開け、顔立ちの良い見知らぬ男を見ると、気の毒がって声を上げた。「まあ、何とおかわいそうに！——若い殿方がこんな天気に、たった一人で旅をされるとは！……さあ、若殿様、どうかお入りください」

友忠は馬から下り、馬を家のうしろの納屋へ引いて行ったあと、小屋に入った。中には一人の老人と若い娘が割竹をくべた炉にあたっていた。二人は火のそばへお寄り

1　文明年間は〔一四六九—一四八七〕とするのが正しいが、原文のままとする。

くださいと恭しく言い、やがて老人たちは旅人のために酒を温め、食べ物を用意して、道中のことを問いたずねた。その間に、若い娘は屏風《びょうぶ》の蔭に姿を隠した。友忠は娘がこよなく美しいのを見て、驚いた――身形《みなり》はいともみすぼらしく、結《ゆ》わずに垂らした長い髪も乱れていたにかかわらずである。このような縹緻《きりょう》の娘が、このように貧しく寂しいところに暮らしているのは不思議だと彼は思った。

老人は友忠に言った。

「お武家さま、隣村は遠うございますし、雪も大分降っております。風は身を切るようですし、道はたいそう悪うございます。ですから、今夜先へ進まれるのは危《あぶ》のうございましょう。かようなあばら屋はあなたさまにはふさわしくございませんし、何のおもてなしもできませんが、今夜はこのむさ苦しい家にお泊まりなされた方が、きっと安全でございましょう……お馬はてまえどもが良くお世話をいたします」

友忠はこのつつましい申し出に従った――内心、あの若い娘をもっとよく見る機会ができて、嬉しかったのである。やがて、粗末ながらもたっぷりとした食事が彼の前に運ばれ、娘は屏風の蔭から出て来て、酌をした。今は粗《あら》いが清潔な手織の着物に着がえ、長く垂らした髪はきれいに梳《くしけず》り、撫でつけてあった。娘が身をのり出して、彼の杯を満たそうとした時、友忠は驚いて目を瞠《みは》った。これまでに会ったどんな女とも較《くら》べ物にならないほど美しく、物腰の一つ一つにびっくりするほどの優雅さがあったからだ。だが、年寄りたちは彼女のために言いわけをはじめて、言った。「お武家さま、娘の青柳[*1]はこの山中で、ほとんど独りきりで育てられましたために、上品な作法など何もわきまえておりません。どうか、愚かで物知らずなことをお赦《ゆる》しくださいまし」友忠は、いや、とんでもない——このような眉目良《みめよ》い乙女にかしずかれるとは、幸運だと思うと言い返した。彼は娘から目を離すことができなかった——娘は讃嘆の眼差しを浴びて、頬を染めているのに気づいていたが——そして酒にも食べ物にも手をつけず、目の前に置いているばかりだった。母親が言った。「御親切なお武家様、どうか少し召し上がってくださいますようお願いいたします——わたくしどもの田舎料理は不味《まず》いものばかりでございますが——あの身を切る風に、お身体が冷えておしまいでしたろうから」友忠はそこで、年寄りたちを喜ばせるためにできるだけ食べて飲んだが、頬を染めた娘の魅力はますます彼をとらえるのだった。話をしてみると、娘の言葉は、その顔と同じように快かった。山育ちかも知れないが——だとしても、両親はかつて身分の高い人間だったにちがいない。娘は言葉遣いも振舞いも、高貴の姫君のようだったからである。彼はいきなり娘に向かって歌を詠《よ》んだ——それは胸のうちの嬉しさに興を得たものだったが——また問いかけでもあった。

たづねつる
花かとてこそ
日をくらせ
明けぬになどか[2]
あかねさすらん

〔さる人を訪ねて行く途中で、花かと思うものを見つけた。それ故に、私はここで日を暮らす……まだ夜も明けぬ先に、暁の紅《くれない》の色がなぜ輝くのか——それは私にはわからない。〕*2

いっときのためらいもなく、娘は次のような歌を返した。

出《い》づる日の

ほのめく色を
　わが袖に
つつまばあすも
　きみやとまらん

〔私の袖で暁のほのかな美しい色を隠したならば――きっと、わが君は朝になっても、ここにお残りになるでしょう。[*3]〕

それで友忠は娘が自分の思いを受け入れたことを知った。彼はこの歌が伝えるたしかな気持ちが嬉しかったのに劣らず、娘が歌で心の内をあらわす技倆《ぎりょう》に驚かされた。この世では、目の前にいるこの田舎娘よりも美しく才知のある娘に出会うことはけしてあるまい。まして、そんな娘を自分のものにする望みはない、と彼は確信した。胸

2　粉本である『玉すだれ』に「明けぬになどか」とあるこの箇所を、ハーンは「明けぬに劣る Akénu ni otoru」と訂正しているが、これでは意味をなさないし、ハーン自身が付した英訳とも一致しないので、『玉すだれ』に従う。

の中で、声がしきりに叫び出そうとしているようだった――「神々が授けたもうた幸運をつかめ！」要するに、友忠は魅せられたのだ――魅せられて心もとろけるあまり、いきなり何の前置もなく、老夫婦に娘御を妻にもらいたいと頼み込んだ――それと共に、自分の名と血筋を明かし、能登侯の家中でこれこれの地位にあると告げた。

老人たちはいくたびも嬉しい驚きの声をあげて、彼の前に頭を下げた。しかし、父親はしばらく躊躇《ちゅうちょ》する様子を見せてから、こたえた。

「若様、あなたさまは身分の高いお方で、これからもいっそう高い位《くらい》にお進みになるでしょう。御好意のほどは、まことに身にあまるものでございます――わたくしどもの感謝の深さは口に言いようもなく、量《はか》り知れません。ですが、この娘は生まれも賤《いや》しい愚かな田舎娘で、何のしつけも教育も受けておりませせぬゆえ、立派なお侍さまの奥方にはふさわしくありますまい。さようなことは口にするのももってのほかでございます……ですが、あなたさまはあれがお気に召し、田舎者の振舞いを赦し、不躾《ぶしつけ》も大目に見てくださるとのかたじけないお心ですから、わたくしどもは喜んで、あの娘を婢《はしため》としてさし上げましょう。されば、今後、あの娘のことはお心のままになさってくださりませ」

夜が明けぬうちに吹雪はおさまり、雲一つない東空に日が昇った。たとえ青柳の袖が薔薇色の暁を恋人の目から隠したとしても、友忠はこれ以上長居できなかった。とはいえ、娘と別れることも耐えがたかったので、旅支度が整うと、両親にこう言った。

「すでに御厚意をうけておきながら、この上のお願いは恩をわきまえぬように思われるやもしれませぬが、娘御を妻に頂戴《ちょうだい》したいと重ねて申し上げねばなりません。もはや娘御と別れることは難しいでしょうし、娘御も一緒に行きたがっておられる故、お許しがあれば、このまま連れて行きたいと存じます。娘御をくださるならば、この後《のち》はずっとお二方《ふたかた》を両親としてお仕えいたします……さしあたっては、温かいおもてなしへの、ささやかな御礼をどうかお受けとりください」

そう言って、友忠はつつましい主人の前に、何両という金貨の入った包みを置いた。だが、老人は何度もお辞儀をしたあと、贈物を静かに押し返して、言った。

「御親切な若様、お金をいただきましても、わたくしどもには使い途《みち》がありませんし、あなたさまは、寒中長旅をなさる間に、きっとお金がお入用《いりよう》になりましょう。ここでは買うものもなく、そのようにたくさんのお金は、たとえ費《つか》いたくてもつかえません。……娘は、もうさし上げたのでございますから——あなたさまのものでございます。されば、連れて行かれるのに、わたくしどもの許しをお求めになるには及びません。娘はすでにこう申しております――あなたさまのお供をして、おそばに置いてくださる限り、婢としてお仕えしたいと。娘をもらってくださるだけで、この上もない喜びなのですから、わたくしどものことはどうかお気になさらぬようお願いいたします。この場所では、娘に持参金はおろか――まっとうな着物を着せてやることもできません。それに、この齢《とし》ですから、遠からずいずれ娘とは別れねばなりません。ですから、今連れて行ってくださるというのは、願ってもない幸せでございます」

友忠は老夫婦に贈物を受け取らせようと説得したが、無駄だった。二人は金に無頓着《むとんちゃく》であることがわかった。しかし、娘の運命を託したいと本気で思っている様子なので、娘を連れて行くことに決めた。それで娘を馬に乗せ、老人たちに心からの感謝の言葉をあれこれと述べ、しばしの別れを告げた。

「お武家さま」と父親はこたえた。「お礼を申し上げるべきなのは、あなたさまではなく、わたくしどもです。きっと娘にお優しくしてくださると信じておりますから、娘のことは案じておりません」……

〔日本語の原作では、物語の自然の流れがここで奇妙にも断《た》ち切られ、物語はこの先、妙に辻褄《つじつま》が合わなくなっている。友忠の母や、青柳の両親や、能登の大名については、これ以上何も語られない。どうやら作者はここへ来て仕事に飽きてしまったらしく、物語をひどく無頓着に、驚くべき結末へと急ぎ進めたようだ。私には作者の省略を補うことも、構成の欠陥を正すこともできないが、敢《あ》えていくつか細かい説明を挿《さ》し挟《はさ》まねばならない。さもないと、話の続きがまとまらないからだ……友忠は軽率にも青柳を京都へ連れて行き、厄介事《やっかいごと》が起こったらしいが、二人がその後どこに住んでいたかについては、何も記されていない〕

……ところで、侍が主君の同意なしに結婚することは許されない。友忠は、無事使命を果たすまでは、その許しを得られそうになかった。こうした事情の下では、青柳の美しさが目立って危険を招き、人が彼女を奪いとろうと方策を講じるのではないかと危ぶまれた。そこで、京都へ行くと、青柳を好奇の目から隠そうとした。ところが、ある日細川侯の家臣が青柳の姿を目にとめ、友忠との関係を知ると、そのことを大名に報告した。そこで、くだんの大名――まだ若い殿様で、きれいな顔が好きだった――は娘を屋敷へ連れて来るように命じ、彼女はさっそく無理無体《むりむたい》に連れ去られた。

友忠は言いようもなく悲しんだが、どうすることもできないのはわかっていた。彼は遠国《えんごく》の大名に仕える身分の低い使者にすぎず、当面はもっとずっと有力な大名のなすがままになっていて、その意向に逆らうことはできなかった。それに、友忠は自分が愚かな振舞いをしたこと――武家の掟が禁ずる内縁の関係を結ぶことで、わが身の不幸を招いたのを知っていた。今や彼にはただ一つの希望――捨鉢《すてばち》な希望しかなかった。青柳が逃げ出して、自分と駆落《かけおち》してくれるかもしれないということである。友忠はつらつら考えた揚句、手紙を送ってみることにした。もちろん、それは危険だろう。彼女に送った文《ふみ》は大名の手に渡るかもしれないし、屋敷の中にいる者に恋文を送ることは許されぬ罪だった。それでも、彼は危険を冒す決心をして、漢詩の形で手紙をしたため、青柳のもとにとどけようとした。詩はわずかに二十八文字で書かれていた。しかし、その二十八文字に思いの深さを籠《こ》め、傷心の痛みをすべて仄《ほの》めかすことができた。*4

公子王孫逐後塵　公子　王孫　後塵《こうじん》を逐《お》う
緑珠垂涙滴羅巾　緑珠《りょくじゅ》　涙を垂れて　羅巾《らきん》を滴《したた》る
侯門一入深如海　侯門《こうもん》　一《ひと》たび入《い》りて　深きこと海の如《ごと》し
従是蕭郎是路人　是《こ》れより蕭郎《しょうろう》　是れ路人《ろじん》

〔若い公子は今、宝玉のように輝く乙女のあとに追い迫る――

美しき人の涙は垂れて、衣をしとどに濡らしている。

だが、やんごとない君侯が一度《ひとたび》彼女に思いを寄せれば――そのあこがれは海のように深い。

されば、私は独り残されるのみ――私は残されて、独り彷徨《さまよ》うのみ。[3]〕

3　これは唐の詩人、崔郊の詩「贈去婢」だが、ハーンは原詩の第三行を間違って解釈している。詳しくは一四一ページの訳註を参照されたい。

この詩を送った翌日の夕方、友忠は細川侯の御前に参るよう言われた。若者はてっきり秘密が露見したかと疑い、手紙が大名に見られたのなら、厳罰は免《まぬが》れないと思った。「きっと侯はわたしに死を命ずるだろう」と友忠は思った――「しかし、青柳を取り戻せぬなら、生きていても仕方がない。それに死罪を言い渡されても、せめて細川侯に斬りかかることくらいはできる」彼は両刀を腰に差して、屋敷へ急いだ。

謁見《えっけん》の間《ま》に入ると、細川侯は上段の間に坐り、衣冠をととのえた身分の高い侍たちに囲まれていた。誰もみな彫像のように黙りこくっていた。友忠が進み出て礼をした時、一座の沈黙は嵐の前の静けさのように、不吉で重苦しく思われた。しかし、細川侯はいきなり上段の間から下りて来て、若者の腕をとると、あの詩の文句を繰り返しはじめた。「公子王孫、後塵を逐う」……友忠が面《おもて》を上げると、君侯の目には優しい涙が浮かんでいた。

やがて、細川侯は言った。

「その方《ほう》たちがそれほど思い合っているゆえ、余は親類の能登の太守に代わって、結婚を正式に許す役目を引き受けたのじゃ。その方たちの婚礼の祝いを今、余の前で行うことにしよう。客人は集まっている――引出物の用意もできているぞ」

侯が合図をすると、奥の間を隔てていた襖《ふすま》が開けられた。その部屋には、式のために集まった家中の重臣が大勢いて、青柳が花嫁衣裳をまとって彼を待っていた……こうして青柳は友忠のもとに返され――婚礼は楽しく盛大だった――そして、細川侯と家中の面々から貴重な引出物が若夫婦に贈られた。


婚礼のあと、友忠と青柳は五年の幸福な歳月をともに送った。ところが、ある朝、青柳は、家事のことを夫と話している最中に突然大きな苦痛の叫び声を上げ、それから顔色が真っ蒼《さお》になって、動けなくなった。しばらくすると、弱々しい声で言った。

「あんな、はしたない声を上げたのをお許しください――でも、痛みがそれほど急だったのです……旦那様、わたしたちが夫婦《めおと》になりましたのは、前世の因縁からだったにちがいありません。そのありがたい御縁によって、この先またいくたびか生まれ変わっても、わたしたちは一緒になれるでしょう。でも、今生《こんじょう》におきましては、もう御縁が尽きたのです――もうお別れしなくてはなりません。どうか、わたしのために念仏を唱えてくださいまし――わたしは死ぬのですから」

「少し具合が悪いだけではないか！……しばらく横になって、休むがよい。じきに気分は良くなるだろう」……

「いいえ、いいえ！」と女はこたえた――「わたしは死にます！――思いなしではありません――知っているのです！……今となっては、旦那様、もう真実を隠すことはありますまい。わたしは人間ではありません。木の魂がわたしの魂――木の心がわたしの心なのです――柳の木の樹液がわたしの命なのです。今の今、誰かが酷《むご》くもわたしの木を伐り倒そうとしています――だから、死ななければならないのです！……今はもう泣く力もありません！――早く、早く、わたしのためにお念仏を唱えてくださいませ……急いで！……ああ！」……

彼女はふたたび苦痛の叫び声を上げると、美しい顔をそむけ、袖で顔を隠そうとした。だが、それとほとんど同時に、全身が何とも不思議に崩れ、下へ、下へ、下へ沈み込んで――床と同じ高さになったようだった。友忠は彼女を支えようとしてとびついたが――支えるものは何もなかった！　そこには、畳の上に、美しい人の着ていた衣と髪につけていた飾りがあるだけだった。身体は消えてしまったのだ……

友忠は頭を剃《そ》り、得度《とくど》して回国の僧となった。国中のあらゆる地方を旅して、聖地を訪れると、必ず青柳の魂のために祈りを捧げた。巡礼の途中、越前に着くと、愛する妻の両親の家を探した。しかし、かれらの住居《すまい》があった山中の寂しい場所へ行ってみると、小屋はもうなくなっていた。それが建っていた場所を示すものといっては、ただ三本の柳の木——二本の古木と一本の若木——の切株があっただけで、木は、友忠がそこへ来るよりずっと前に伐り倒されていた。

彼はそれらの柳の切株の傍らに、種々の経文を刻んだ墓碑を立てた。そして、青柳と両親の霊のために、いくたびも供養をした。

原註

＊1 この名前は「緑の柳」を意味する——めったに出会わないが、今も使われる名前である。

＊2 この詩は二通りに読むことができる。いくつかの語句が二重の意味を持つからである。しかし、その構成の妙を説明するには相当の紙数を必要とするし、西洋の読者にはまず関心

のないことだろう。友忠が伝えたかった意味は、このように表現できよう。「母のもとを訪ねて旅をしている時、私は花のように美しい人と出会った。そして、その美しい人のために、ここで一日を過ごしている——手弱女《たおやめ》よ、夜明け前だというのに、夜明けの空のように頬を赤らめるのは何故か——私が好きだというのか？」

＊3　もう一つの解釈も可能だが、こちらの解釈の方が、返答としての意味をなしている。

＊4　日本語の物語の語り手は我々にそう信じさせたいのだが——この詩は翻訳すると、月並なものに見えてしまう。私は大意だけを示そうとした。効果的な逐語訳をするには、いささかの学識が必要であろう。[4]

4　ハーンの詩の解釈は第三行目を除いておおむね正しいが、「贈去婢」詩の内容をもう少し詳しく散文で書きあらわすと、次のようになろう。
「王公貴族の子弟が美女の通ったあとに立つ塵埃《ほこり》を追う。緑珠に比すべき手弱女《たおやめ》は涙を流して、羅巾（絹のハンカチ）を濡らす。権門の家にひとたび入ってしまえば、そこは海のように深く、以前の蕭郎《こいびと》も、もうただの路行く人（赤の他人）にすぎない」

「緑珠」は西晋の富豪・石崇の愛妾。「蕭郎」は風流才子として知られた梁《りょう》の武帝・蕭衍のことだが、ここでは色男の代名詞として使われている。

范攄《はんちょ》の『雲渓友議』という本に次のような話が載っている。

崔郊が漢水のほとりに住んでいた時、姑《おば》が美しい婢《はしため》を持っていて、崔郊はこれと愛し合った。ところが、姑《おば》は貧しくて、婢を長官に売ってしまった。長官は婢がたいそう気に入り、姑に四十万金を与えたが、崔郊は婢を思いきれず、一目でもその姿を見たいと役所の近くを出入りしていた。

やがて寒食（年中行事の一つ）の折に、婢は用事があって姑の家へ来て、崔郊に会った。二人は柳の木の蔭で誓いを立て、崔郊は「公子王孫云々」の詩を彼女に贈った。

たまたま崔郊を嫉《そね》む者があって、その詩を長官の座席に書いた。長官はそれを見ると、崔郊を呼びよせ、手を握って言った。「あの詩は君がつくったのか？　四十万など端金《はしたがね》だ。どうしてもっと早く教えてくれなかった？」そうして贈物と共に婢を返してくれた。

十六桜

うそのよな
十六桜《じゅうろくざくら》
咲きにけり[1]

伊予《いよ》の国の和気郡《わけごおり》という地方に、「十六桜」、すなわち「十六日の桜の木」と呼ばれる、たいそうな古木で名高い桜の木がある。毎年、（昔の太陰暦の）一月十六日に花が咲き――しかも、その日だけしか咲かないので、こう呼ばれている。したがって、この木が花を開くのは〝大寒〟の時節だが――桜の木は春を待って花咲くのが、本来の習性なのだ。しかし、十六桜は自分のものではない――少なくとも、もともとはそうでなかった――生命《いのち》によって花を咲かせる。その木には、一人の男の魂が宿っているのである。

男は伊予の侍で、その木は彼の庭に生えていて、かつては通常の時季《じき》に——すなわち、三月末か四月初め頃——花を咲かせていた。男は子供の頃、この木の下で遊んだ。両親も、祖父母も、先祖たちも、百年以上にわたって、毎年その季節になると、賞讃の詩を書き込んだ輝く色紙を花咲く枝に掛けたのだった。男自身たいそう年老《としと》り——子供はみな先立ってしまった。この世に彼が愛するものは、その桜の木しか残っていなかった。ところが何と、ある年の夏、木は弱って枯れてしまったのである！

老人がこの木のために嘆くことは、一通《ひととお》りでなかった。そこで、親切な近所の人たちは、老人のために美しい桜の若木を見つけてやり、彼の庭に植えた——こうして慰めようとしたのである。男は人々に礼を言って、喜んでいるふりをした。だが、本当は、苦しみで胸が一杯だった。あの古い木をこよなく愛していたので、それを失った悲しみは、何物も慰めることができなかったのである。

しまいに、男は名案を思いついた。枯れかけた木を救う方法を思い出したのだ（そ

1　正岡子規の句。原句は「うそのやうな十六日桜咲きにけり」だが、ここはハーンの原文に従う。

れは一月十六日のことだった)。彼は一人で庭へ出ると、枯れた木の前に頭《こうべ》を垂れ、木に向かって話しかけた。「さあ、お願いだよ、どうかもう一度花咲いておくれ――わたしがおまえの身代わりになるから」(というのも、人は神々の恵みによって、他人や、動物や、樹木にさえも、己の生命を与えることができると信じられているのである――そして、このように命を他へ移すことを「身代わりに立つ」すなわち「代理の役を果たす」という言葉で表現する)それから、木の下に白布と何枚かの敷物を敷いて、敷物の上に坐り、侍の作法にしたがって腹切りをした。すると、彼の魂は木の中に入り、たちどころに花を咲かせた。

それで、毎年雪の季節の一月十六日に、この木は今も花を咲かせるのである。

安芸之介の夢

大和の国の遠市《とおいち》[1]というところに、昔、宮田安芸之介《みやたあきのすけ》という郷士《ごうし》が住んでいた。……

〔ここで申し上げておかねばならないが、日本の封建時代には、武士と農民を兼ねた特権階級——自由保有権者——イギリスでいえば独立自営農民《ヨーマン》に相当する階級があって、郷士と呼ばれていた〕

安芸之介の家の庭には大きな杉の老木があって、蒸し暑い日に、よくその木蔭で休んだものだった。ある暑い日の昼下がり、同じ郷士の友達二人とこの木の蔭に坐って、雑談をしながら酒を飲んでいると、急にひどく眠気《ねむけ》がさした——眠くてたまらないので、悪いが、少しここで仮寝をさせてもらいたいと友人達に言った。それから、木の根方《ねかた》に横たわって、こんな夢を見た——

彼は自分の家の庭に寝ていたようだったが、大大名の行列のような行列が近くの丘から下りて来たので、起き上がって、それを見た。その行列はじつに大がかりで——今までに見たどんな行列よりも堂々としており、安芸之介の住居《すまい》へ向かって来た。先頭には立派な衣裳をまとった大勢の若者がおり、輝く青絹のかかっている漆《うるし》塗りの大きな宮殿の車、すなわち御所車《ごしょぐるま》を引いていた。行列は家の近くに来ると停まって、立派な服を着た一人の男――見るからに貴人であった――が車から進み出、安芸之介に近づくと、深々とお辞儀をして言った。

「御前《おんまえ》にまいりましたのは、常世《とこよ》*1の国王の家来でございます。わが君、国王陛下の御命令をうけまして、陛下に代わって御挨拶申し上げ、何なりと御用命を果たすためにまいりました。陛下はまた、宮殿へお越しいただきたいとの旨をお伝え申し上げるよう、お命じになりました。されば、ただちにこの御車《おくるま》にお乗りなさってくださいませ。これは陛下がお迎えに差し向けたものでございます」

こうした言葉を聞くと、安芸之介は何かしかるべき返答をしたかったが、驚きと当惑のあまり物が言えなかった――と同時に、意志の力が溶けて流れ去ってしまうようで、くだんの家来の言う通りにするしかなかった。彼は車に乗った。家来がわきに坐

1 原文は Toïchi。「十市」とする訳もあるが、第一書房版『小泉八雲全集』の田部隆次訳に従う。

り、合図をした。引き手が絹の綱をつかみ、大きな乗り物を南へ向けた――そして道中が始まった。

安芸之介が驚いたことに、車はたちまちのうちに、見たこともない中国式の巨《おお》きな二階建ての門（楼門《ろうもん》）の前に停まった。家来はここで車を下りると、「御到着を伝えてまいります」――そう言って、姿を消した。しばらく待っていると、紫の絹の衣をまとい、高い官位を示す形の高い帽子をかぶった立派な男が二人、門から出て来るのが見えた。この二人は安芸之介に恭しく挨拶したあと、車から下りるのを手伝って、案内して大門をくぐり、広々とした庭を横切り、とある御殿の入口へ連れて行った。その御殿の正面は、東西に何マイルもうち続いているようだった。安芸之介はそれから、素晴らしく大きくて豪華な応接室へ招《しょう》じ入れられた。案内人たちは彼を上座に据えると、めいめいやや離れたところに坐った。その間に、礼装した侍女たちが茶菓を運んで来た。安芸之介が茶菓を味わったところで、紫衣をまとった二人の侍者は彼の前で深々とお辞儀をし、次のように話しかけたが――宮中の作法にしたがい、二人がかわるがわるしゃべった。

「それでは、わたしたちの義務《つとめ》として申し上げなければなりません……あなたさまがここへ召された理由についてでございます……わが君、国王陛下は、あなたが婿君《むこぎみ》になられることをお望みです……そして、今日この日……貴い王女様、姫君と……婚礼をあげることが陛下のお望みであり、御命令なのです……ほどなく謁見《えっけん》の間《ま》へ御案内いたします……陛下はそこで今もあなたをお待ちかねなのです……けれども、まず、御服を召していただかねばなりません……しかるべき式服を[*2]」

侍者たちはこのように言うと一緒に立ち上がり、金蒔絵《きんまきえ》の大きな櫃《ひつ》のある床の間へ進み寄った。櫃を開けて、そこから贅沢な生地でつくった種々の衣や帯と、「かむり」、すなわち立派な頭飾りを取り出した。こうしたものを安芸之介に着せて、国王の婿にふさわしい身形《みなり》をととのえると、謁見の間へ連れて行った。そこには、常世の国王が高くていかめしい黒の帽子をかぶり、黄色い絹の衣をまとって、台座[*3]に坐っていた。台座の前には、左右に大勢の高官が列をなして、神殿の像のように身動きもせず、輝かしい姿で坐っていた。安芸之介はその真ん中へ進み出ると、慣例通り、三度平伏《へいふく》して国王に礼をした。国王はねんごろな言葉で迎えて、言った。

「朕《ちん》の前に召《よ》び出された理由は、すでに聞いておろうな。朕はそなたを一人娘の婿とすることに決めたのじゃ——そして婚礼を今から行うのである」

国王が言葉を終えると、にぎやかな楽の音《ね》が聞こえて来て、美しい女官たちの長い列が帷《とばり》のうしろからあらわれ、安芸之介を花嫁の待つ部屋へ案内した。

その部屋はたいそう広かったが、婚礼を見に集まった大勢の客は入りきれないほどだった。安芸之介が王女と向かい合って、用意された座蒲団に坐ると、全員が彼の前にお辞儀をした。花嫁はまるで天女のように見え、その衣は夏空のように美しかった。婚儀は大きな喜びのうちに取り行われた。

そのあと、二人は宮殿のべつの場所に用意された続き部屋へ案内された。そこで大勢の貴人の祝福を受け、結婚祝いの贈物を数えきれないほどもらった。

数日後、安芸之介はふたたび玉座の間へ召《よ》ばれた。この時は前にもまして丁重に迎えられ、国王は言った。

「朕の領土の西南に萊州《らいしゅう》という島がある。今、そなたをその島の国守《こくしゅ》に任命したところじゃ。そこの人民は忠実で従順《おとな》しいが、かれらの法律はまだ常世の法律としかるべく一致しておらぬし、習俗もしかるべく整ってはおらぬ。この島の社会をできる限り向上せしむる義務《つとめ》をそなたに託する。恩愛と智恵をもって、島民を治めてもらいたい。莱州への旅の支度はもうすっかりととのっておる」

そこで、安芸之介と花嫁は常世の王宮を出て、大勢の貴族や役人に見送られて海岸へ行くと、国王が与えた御用船に乗った。順風に恵まれて無事莱州へ着くと、島の良民たちが出迎えのため浜に集まっていた。

安芸之介はさっそく新しい仕事に取りかかったが、やってみると、難しい仕事ではなかった。国守になって最初の三年間は、主に法律の制定と施行に明け暮れたが、賢い相談役が補佐してくれたし、仕事を不愉快と思うことは一度もなかった。それがすっかり終わると、もうこれといって為《な》すべき義務《つとめ》はなく、ただ、古来の習慣によってさだめられた祭や儀式に出席するだけだった。その土地は健康にも良く、たいそう肥沃《ひよく》だったから、病気や物資の不足はたえてなかった。人々は善良で、法が破られることはなかった。安芸之介はさらに二十年間莱州に住み、この地を治めた——滞在は全部で二十三年に及んだが、その間、彼の人生に悲しみの影がさすことはなかった。

ところが、国守となって二十四年目に、大きな不幸が彼を襲った。七人の子供——

五人の男の子と二人の女の子――を生んだ妻が病気にかかって、死んだのである。厳粛な葬儀が行われて、彼女は盤竜岡《ばんりょうこう》という場所にある美しい丘の上に葬られ、墓にはこの上なく立派な碑が建てられた。しかし、安芸之介は妻の死を嘆くあまり、もう生きていたくもなくなった。

さて、法で定められた服喪の期間が過ぎると、常世の王宮から莱州へ、「ししゃ」、すなわち国王の使いが来た。使いは安芸之介に悔やみの言葉を伝えると、こう言った。「これより申し上げますのは、尊《たっと》きわが君、常世の国王陛下がお伝えせよと仰《おお》せられたお言葉です――『朕は今、そなたを生国《しょうごく》に送り返そうと思う。七人の子供については、国王の孫息子、孫娘であるから、しかるべく面倒を見よう。されば、子供たちのことを案ずるには及ばない』」

この命令を受けた安芸之介は、言われるままに出立の用意をした。一切《いっさい》の用が片づき、相談役や腹心の役人たちへの別れの儀式が済むと、丁重に港まで見送られた。そこで迎えに来た船に乗り、船は青海原へ出た。空は青く、莱州島の島影も青くなって、それから灰色になり、やがて永遠に姿を消した……そして安芸之介はふいに目醒めた——自分の庭の杉の木の下で！……

彼はいっとき茫然《ぼうぜん》と虚《うつけ》たようになっていた。しかし、二人の友達がまだそばに坐って——酒を飲み、楽しげにしゃべっているのに気づいた。彼は当惑した面持《おももち》で友人たちをまじまじと見ると、大声で言った。

「不思議だなあ！」

「安芸之介は夢を見ていたんだろう」友達の一人が笑って言った。「不思議だとは何を見たんだ、安芸之介？」

そこで、安芸之介は夢の内容を語った——常世の国の萊州島で二十三年間過ごした夢を——すると、友人たちは驚いた。彼は実際には、ほんの数分しか眠っていなかったからである。

一人の郷士が言った。

「いかにも不思議なものを見たな。君がうたたねしている間、我々も不思議なものを見たよ。小さな黄色い蝶が、君の顔の上をしばらくひらひらと飛びまわって、我々はそれを見ていたのだ。そのうち、蝶は君のそばの地面に、あの木の近くに舞い下りたが、そこへ下りたとたん、大きな大きな蟻が穴から出て来て、つかまえて穴へ引きずり込んだ。君が目を醒ます直前に、ほかでもないその蝶がまた穴から出て来て、前のように君の顔の上をひらひら飛んだ。それから、ふいに消えてしまった。どこへ行ったのかわからない」

「たぶん、あれは安芸之介の魂だったんだろう」ともう一人の郷士が言った——「僕はあれが安芸之介の口の中に飛び込むのをたしかに見た。……しかし、あの蝶が本当に安芸之介の魂だったとしても、それだけでは夢の説明はつかないだろう」

「蟻が説明してくれるかもしれん」と最初の話し手は言い返した。「蟻というのは、おかしなものだ——ことによると、妖怪かもしれない。……とにかく、あの杉の木の下に、大きな蟻の巣がある」……

「調べてみよう！」安芸之介はこの思いつきに大いに心を動かされて、言った。そして鋤《すき》を取りに行った。

杉の木のまわりから下にかけての地面は、途方もなく数の多い蟻の群が、何とも驚くべきやり方で掘り抜いていることがわかった。蟻たちは掘った穴の中に、さらに建物を建てていた。藁《わら》や土や草の茎でこしらえた小さな建造物は、奇妙なことに、人間の町を小さくしたようだった。ほかのものより一段と大きい建物のさなかに、非常に大きい蟻がいて、その身体のまわりに小さい蟻がおびただしく群がっていた。大きい蟻には黄色っぽい翅《はね》があり、頭は長くて黒かった。

「何と、夢に出て来た国王がいるぞ！」と安芸之介は叫んだ。「それに常世の宮殿もある！……奇態《きたい》だなあ！……どこか西南の方に萊州があるはずだ――あの大きい根の左の方に。……そら！――ここにあったぞ！……何と不思議なことだ！　それなら、きっと盤竜岡の山と王女の墓も見つかるにちがいない」……

彼はこわれた蟻の巣の中を探しに探して、とうとう小さな塚を見つけた。その上には、仏教徒の碑に形が似た、水ですり減った小石が据えてあった。その下の――土の中に――一匹の雌蟻の死骸が埋めてあった。

原註

＊1「常世《とこよ》 Tokoyo」というこの名前は漠然としている。状況によって、いかなる未知の国も意味し得る――旅人が行けばけして帰って来ない、あの未発見の国であろうと――極東のお伽話に出てくる妖精郷、〝蓬萊《ほうらい》の国〟であろうと。「国王《こくおう》 Kokuō」という語は、一国の支

配者——すなわち、王を意味する。「常世の国王 Tokoyo no Kokuō」という原語は、ここでは「蓬萊の支配者」あるいは「妖精国の王」と訳しても良いかもしれない。

＊2　この最後の句は、古い習慣によれば、両方の侍者が同時に言わねばならなかった。こうした儀式上のしきたりは、今でも日本の舞台で学ぶことができる。

＊3　これは封建時代の王侯や支配者が威儀を正して坐る壇、あるいは台の名前であった。この言葉は、文字通りには、「大きな座席」を意味する。[2]

2　国王の座なら玉座とでも呼ぶべきところを「台座 daiza」とするハーンの言葉遣いは少しおかしいが、原文に従って訳した。ハーンは「ダイザ」を「大座」と考えていたのかもしれないという平川祐弘説は、右の原註3を見るとうなずける。

力《りき》ばか

彼の名は「力《りき》」といった。〝力《ちから》〟という意味であるが、人々は〝阿呆の力《りき》〟とか〝力《りき》のばか〟――「力《りき》ばか」と呼んでいた。なぜなら、いつまでたっても子供のままの人間に生まれついたからだった。同じ理由で、人々は彼に優しかった――火のついたマッチを蚊帳《かや》にあてて、家を燃やし、両手を叩いて嬉しそうに焔《ほのお》を見ていた時でさえも。十六歳になった彼は背が高く、力の強い若者だったが、頭の中は相変わらずあどけない二歳のままで、そのため、相変わらずうんと小さい子供たちと遊んでいた。四歳《よっつ》から七歳《ななつ》までの、近所の大きな子供たちは、彼が歌や遊びをおぼえられないので、一緒に遊びたがらなかった。彼の好きな玩具《おもちゃ》は箒《ほうき》で、それをお馬さんに使うのである。いっぺんに何時間もつづけて、その箒に跨《またが》り、わたしの家の前の坂を上ったり下りたりしながら、びっくりするような大声で笑うのだった。だが、しまいにうるさくて迷惑になり、わたしはどこかよその遊び場を探せと言わなければならなかった。彼はすなおに頭《こうべ》を垂れて、立ち去った――悲しそうに箒を引きずりながら。いつもおとなしく、火遊びする機会さえ与えなければまったく害はなくて、人に苦情を言われるようなことはまずやらなかった。彼とわたしたちの町の生活との関係は、犬や鶏のそれとほとんど変わりがなく、ついに姿を見せなくなった時も、わたしはべつだん寂しいとも感じなかった。わたしに「力《りき》」を思い出させることが起こったのは、それから何カ月も経ってからだった。

「力はどうしたんだろうね？」わたしはその時、近所に薪《たきぎ》を売りに来る木樵《きこり》の老人にたずねた。力はよく老人が薪の束を運ぶのを手伝っていたことを思い出したからである。

「力ばかですかい？」と老人はこたえた。「ああ、力なら死にやしたよ——かわいそうに！……そうです、一年ほど前、急に死んだんです。お医者さんたちが言うには、何か脳の病《やまい》だったそうで。ところで、あのかわいそうな力について、不思議な話があるんです。

力が死ぬと、おふくろさんが、あいつの左の掌《てのひら》に『力ばか』と名前を書きました——『力』を漢字で書いて、『ばか』を仮名で書いたんです。そうして、あいつのために何度もお祈りの文句を唱えました——もっと幸せな身分に生まれ変わるように、というお祈りです。

さて、三月《みつき》ほど前のことですが、麴町《こうじまち》の某様《なにがしさま》のお屋敷に男の子が生まれまして、左の掌に字がありました。その字ははっきり——『力ばか』と読めたんです！

それで、お屋敷の人たちは、赤ん坊が誰かの祈りにこたえて生まれて来たにちがいないと思って、そこいら中をたずねまわりました。しまいに、八百屋が教えたんです——牛込界隈に以前『力ばか』という知恵の足りない子供が住んでいて、去年の秋、死んだのだと。それで、下男を二人つかわして、力《りき》の母親を探させました。

下男たちは力の母親を見つけて、これこれのことがあったと言いました。すると、母親はたいそう喜びました——その某様の家は大金持ちで、有名な家だからです。けれども、某様の御家族は子供の手に『ばか』という言葉が浮き出ているので、ひどく御立腹だ、と下男たちは言いました。『それで、おたくの力《りき》はどこに葬られたんです？』と下男たちはたずねました。『善導寺《ぜんどうじ》の墓地に葬られています』と母親がこたえると、『どうか、お墓の土を少し分けてくださいまし』と頼みました。

そこで、母親は一緒に善導寺へ行って、力の墓を見せました。下男たちは墓土を少しばかり風呂敷《ふろしき》*1に包んで、持って行きました。力の母親にはいくらか金を——十円ほどやりました」……

「でも、その土をどうしようというんです？」わたしはたずねた。

「そりゃあね」と老人はこたえた。「子供が、そんな名前を手にくっつけたまま大きくなったんじゃ困るでしょう。ですが、そんな風にして子供の身体についた文字を消すには、ほかの方法はないんです。前世の身体が葬られた墓から取って来た土で、肌をこすってやらなけりゃならんのです」……

原註

＊1 木綿《もめん》などの生地の四角い布で、小さい荷物を包んで運ぶのに用いられる。

ひまわり

家のうしろの木の茂った丘で、ロバートとわたしは妖精の輪[1]を探している。ロバートは八歳《やっつ》で、綺麗な顔をしていて、じつに賢い――わたしは七歳《ななつ》になったばかりで――ロバートを尊敬している。光輝く、素晴らしい八月の日で、暖かい空気は松脂《まつやに》のツンとする甘い香りに満ちている。

妖精の輪は見つからないが、丈高い草の中に松ぼっくりがおびただしく落ちている。……わたしはロバートに古いウェールズの物語をして聞かせる。うっかり妖精の輪の中で眠ってしまった男が七年間姿を消し、友達が彼を魔法から救い出してやったあとも、けして物を食べたり、しゃべったりしなかったという話だ。

「あいつらは針の先しか食べないんだよ」とロバートが言う。

「誰が?」とわたしはたずねる。

「小鬼《ゴブリン》だよ」ロバートはこたえる。

わたしはそのことを初めて教えられて、驚きと畏敬のあまり口も利《き》けなくなる。……しかし、ロバートはいきなり大声で叫ぶ。

「竪琴弾《たてごとひ》きだ！――家《うち》へ来るぞ！」

そこで、わたしたちは竪琴弾きの竪琴を聞きに丘を駆け下りる。……ところが、何という竪琴弾きであろう！　絵本に出て来る白髪《しらが》の吟遊詩人とは似ても似つかない。色の浅黒い、がっしりした、髪の毛がぼうぼうの放浪者で、ひそめた黒い眉の下に、黒い、ふてぶてしい眼が光っている。詩人《うたびと》というよりも煉瓦《れんが》積みの職人のようだ――しかも、服はコール天なのだ！

「ウェールズ語で歌うのかなあ」ロバートがつぶやく。

わたしはひどくがっかりして、ものも言えない。竪琴弾きはわたしたちの家の玄関に竪琴を――ひどく巨《おお》きな楽器だ――置くと、汚い指をサッと動かして、すべての弦を掻き鳴らし、怒ったような唸《うな》り声で咳払《せきばら》いをすると、歌いはじめる――

信じたまえ、私が今日いとも恋しく見つめる

1　キノコが環状に並んで生えたもの。妖精たちが輪になって踊った跡といわれる。

愛らしい若い魅惑が、すべて……[2]

抑揚といい、姿勢といい、声といい、すべてがわたしを言いようのない嫌悪感に満たす——おそるべき俗悪さという、今までにない感覚でわたしに衝撃を与える。「おまえなんかにその歌をうたう資格はない！」と叫び出したい。わたしの小さな世界で一番愛《いと》しく、美《うる》わしい人の唇《くち》がその歌を歌うのを聞いているからだ——この粗野で下品な男が図々《ずうずう》しくもそれを歌うことは、嘲《あざけ》りのようにわたしを苛立《いらだ》たせ——傲慢《ごうまん》無《ぶ》礼《れい》な振舞いのようにわたしを怒らせる。だが、それはほんの一時《いっとき》だ……「今日」という言葉を発するとともに、あの腹から出る凄い声は突然、何とも形容のしがたい、顫《ふる》える優しい響きになる——それから驚くばかりに変わって、大オルガンの低音のような、朗々《ろうろう》として豊かな声音《こわね》に熟してゆく——聞いていると、いまだかつて感じたことのない感覚がわたしの喉元《のどもと》にせき上げて来る。……あの男はいかなる妖術を学んだのだろう？　いかなる秘密を見つけたのだろう——この怖い顔をした流れ者は？……ああ！　世界中に、あんな風に歌える者がほかに誰かいるだろうか？……歌い手の姿はチラチラと揺れ、霞《かす》んでゆく——家も、芝生も、目に見えるすべての形が目の前で震え、揺らめく。だが、わたしは本能的にあの男が怖い――憎いと言って良いくらいだ。彼の力がこんなにもわたしを感動させるが故に、怒りと恥ずかしさで頬が赤くなるのを感じる……

「おまえ、あいつに泣かされたね」ロバートは同情するようにそう言って、わたしをますますうろたえさせる――その時、竪琴弾きは礼も言わずに受け取った六ペンスの祝儀に懐《ふところ》を温かくして、大股に歩いて去る。……「でも、あいつはジプシーにちがいないと思うな。ジプシーは悪い連中なんだ――それに魔法使いなんだ。……森に戻ろうよ」

わたしたちはまた松林に登り、まだらに日のあたった草の上にしゃがみ込んで、町と海を見下ろす。だが、前のように遊びはしない。魔法使いの魔法が二人に強くか

2　トマス・ムーア（一七七九―一八五二）の詩集『アイルランド歌曲集』に収められている有名な詩「Believe Me, If All Those Endearing Young Charms」の冒頭。この詩は、年をとっても自分を愛してくれるかと言った女に男が返す答という体裁をとっている。男は言う――真に人を愛した心は、ひまわりが夜明けにも日没にも太陽に同じ顔を向けるように、最後まで愛しつづける、と。

かっているからだ。……

「たぶん、あいつは小鬼《ゴブリン》なんだ」わたしはついに思いきって口を開く。「それとも妖精かな?」

「ちがうよ」とロバートが言う。「ただのジプシーさ。でも、同じくらい性質《たち》が悪いよ。あいつら、子供を攫《さら》っていくんだ。知ってるだろ」

「もしここへ登って来たら、どうしよう?」わたしは寂しいところにいるのが急に恐ろしくなって、あえぎながら言う。

「いや、登ってなんか来ないよ」とロバートがこたえる――「昼間のうちはね」……

・　・　・　・　・　・　・　・　・　・

〔つい昨日のこと、高田《たかた》村の近くで、わたしは一輪の花に目をとめた。日本人はその花を、我々と同じように、「ひまわり」(「日の方へまわる花」)という名で呼ぶのである――すると、四十年の時を越えて、あの流浪《るろう》の竪琴弾きの声が心に蘇ったのだった。

日の沈む時、ひまわりは日の神に向ける、
日が昇る時に向けた、あの顔を。それと同じように――

わたしはふたたび、あの遠いウェールズの丘にまだらにさした影を見た。そして女の子のような顔をした金色の捲毛《まきげ》のロバートが、束の間、わたしの傍らに立った。わたしたちは妖精の輪を探していた。……だが、本当のロバートのうちにあったものはすべて、とうの昔に海の変化をうけて、何か豊かで不思議なものに変わってしまったにちがいない。……人その友のために己の生命を棄つる、之より大なる愛はなし。[3]……」

3 「ヨハネ伝」第十五章第十三節。日本聖書協会『舊新約聖書』より引用。

蓬萊

深海の青い幻が遥《はる》かな高みに消える――海と空は光輝く靄《もや》の中に入り混ざっている。春の日で、時は朝だ。

ただ空と海ばかり――一面の広漠たる空色《そらいろ》。……手前では、小波《さざなみ》が銀色の光をとらえ、泡が条《すじ》をなして渦巻いている。だが、少し向こうへ行くと動くものは見えず、色彩のほかには何もない。水のほのかな温かみをおびた青が次第に広がって、空の青に溶け込む。水平線というものはなく、ただ遠方は虚空に舞い上がっている――見る者の前に窪《くぼ》み、頭上に巨《おお》きく弓形《ゆみなり》をなす無限の凹面《おうめん》――色は高いところほど濃くなってゆく。しかし、遠く中空の青の中にかかっているのは、御殿の塔と、反《そ》り返って三日月のような弧線を描く高い屋根のかすかな、かすかな幻影――異郷の古き栄華の影が、思い出のようにほのかな陽光に照らされている。

……わたしが今こうして説明しようとしているのは、ある掛物《かけもの》――すなわち、わが家の床の間に掛けた、絹に描いた日本の絵――で、題は〝蜃気楼《しんきろう》〟という。しかし、この蜃気楼の形は見まごうべくもない。あれはめでたき蓬萊《ほうらい》のきらめく門だし、あれは〝竜宮〟の反《そ》り返った屋根だ——その様式は（今日の日本の画家の筆になるものだが）今から二千百年前の中国の様式なのである。

この場所について、当時の中国の書物にはこんなことが記されている。

蓬萊には死もなければ苦しみもなく、冬というものもない。彼《か》の場所の花はけして凋《しぼ》まないし、果物が不作であることもない。そして人がもし一度でも、そうした果物を味わったなら、二度と渇《かわ》きや餓えを感じることはない。蓬萊には、どんな病気でも治す「双鱗子《そうりんし》」「六合葵《りくごうあおい》」「万根藤《ばんこんとう》」[1]といった霊草が生え——また、死者を生き返らせる「養神芝《ようしんし》」[2]という魔法の草も生えている。この魔法の草を潤《うるお》すのは神仙の水で、それを一口でも飲めば永遠の若さが得られる。蓬萊の人々は小さな、小さな椀《わん》で米を食べるが、椀の中の米は——どれほど食べても——減らないので、しまいに食べる者

1 『太平広記』神仙四十七、「唐憲宗皇帝」の条に見える。
2 同神仙四、「鬼谷先生」の条に見える。

は満腹する。そして蓬萊の人々は小さな、小さな杯で酒を飲むが、――どれほどたくさん飲んでも――杯を空《から》にすることは誰にもできず、しまいに酔って心地良い眠気《ねむけ》がさして来るのだ。

秦《しん》の時代の伝説には、こうしたことや、さらに多くのことが語られている。しかし、それらの伝説を書きとめた人々が、たとえ蜃気楼のうちにでも、蓬萊を見たとは信じられない。食べた者が永久に満足する魔法の果物など、実際にはないからだ――死人を蘇らせる魔法の草も――神仙の水の泉も――米がなくならない椀《わん》も――酒がなくならない杯もない。悲しみと死がけして蓬萊に入り込まないというのも本当ではないし――冬がないというのも本当ではない。蓬萊の冬は寒い――その時は風が骨を嚙《か》み、雪は〝竜王〟の屋根の上に恐ろしく降り積もる。

それでも、やはり蓬萊には素晴らしいものがあり、そのうちで一番素晴らしいものには、いかなる中国の著作家も触れていない。わたしが言うのは、蓬萊の大気である。それはこの土地特有の大気で、それ故に、蓬萊の陽《ひ》の光は他所《よそ》のいかなる陽の光よりも白い――けして目にまぶしくない乳色の光――驚くほど澄んでいるが、まことに柔らかい光だ。この大気は我々人間の時代の空気ではない。途轍《とてつ》もなく古い――あまりにも古いために、どのくらい古いか考えようとすると恐ろしくなる――そして、それは窒素《ちっそ》と酸素の化合物ではない。空気でできているのではなく、霊でできている――何百京《けい》に何百京をかけた無量の数の世代にわたる魂――我々とはまったく違うものの考え方をした人々の魂――の実質が混じり合ってできた、一つの巨大な半透明体なのである。いかなる人間でも、その大気を吸うと、血液にこうした霊の戦慄《おののき》を取り込み、身のうちの感覚が変わって来る――〝空間〟と〝時間〟の観念がつくり直され――かれらがかつて見たようにものを見、かれらがかつて感じたように感じ、かれらがかつて考えたように考えることしかできなくなる。こうした感覚の変化は眠りのように優しく、それを透《すか》して見た蓬萊は、次のように説明できるかもしれない――

蓬萊では大きな悪が知られていない故に、人々の心はけして老いない。そして、心がいつまでも若いために、蓬萊の人々は生まれてから死ぬまでニコニコと微笑《わら》っている――ただ神々がかれらの間に悲しみを送った時はべつで、その時は、悲しみが過ぎ去るまで顔を蔽《おお》い隠すのだ。蓬萊の人々はみな互いに愛し、信頼し合う。まるでみんながただ一つの家の家族であるかのように。——女たちの話す言葉は鳥の歌のようだ。かれらの心は鳥の魂のように軽いからである。——戯れる乙女たちの揺れる袖《そで》は、広い柔らかな翼が羽ばたくようだ。蓬萊では、悲しみ以外は何も隠さない。恥ずかしがる理由がないからである——何も鍵を掛けてしまい込んだりしない。盗む者などいるはずがないからである——昼も夜も戸にかんぬきはささない。恐れる理由がないからである。そして人々が——死すべき人間の身でありながら——また妖精でもある故に、蓬萊にあるものはすべて、〝竜宮〟を除くと、小さくて面白く、風変わりである——この妖精族は実際、小さな、小さな椀で米を食べ、小さな、小さな杯で酒を飲むのだ……

ものがこのように見えるのは、多分に、あの霊的な大気を吸うせいであろうが——それだけではない。死者たちがもたらす魔法の力は、ただ〝理想〟の魅惑、古《いにしえ》の希望の魅力にすぎないからだ——その希望の幾分かは、多くの人の心のうちに成就《じょうじゅ》されている——無私の人生の素朴な美しさに——〝女〟の優しさに……

〝西方〟から邪悪な風が蓬萊へ吹きつけている。魔法の大気は、ああ！ その風の前に縮《ちぢこ》まって消えてゆく。今はただ切れぎれの斑《まだら》や条《すじ》となって残っているばかりだ——ちょうど、日本の画家の風景画にたなびく、あの長い輝く雲の帯のように。こうした精霊の蘊気《うんき》の切れはしの下には今も蓬萊を見つけることができるが、よそでは駄目だ。……蓬萊はまた〝蜃気楼〟——〝触れることのできないものの幻〟——とも呼ばれることを思い出していただきたい。そして〝幻〟は消えかけている——絵や詩や夢の中を除いて、二度と現われることはない……

虫の研究

蝶

一

日本文学には「廬山《ろざん》」の名で知られている中国の学者[1]のような幸運を、わたしも望むことができたら良いのに！　彼は二人の精霊の乙女、天女の姉妹に愛されて、女たちは十日ごとに彼のもとを訪れ、蝶の物語を聞かせたのであるから。ところで、蝶については、驚くべき中国の物語が——霊的な物語がいくつもあって、わたしはそれを知りたいのである。だが、中国語はけして読めるようにならないだろうし、日本語ですらおぼつかない。しかも、わたしが四苦八苦して何とか翻訳する日本の詩の中には、中国の蝶の物語への言及があまりにも多いので、わたしはタンタロス[2]の苦しみを受けている……それに、もちろん、精霊の乙女がわたしのような懐疑家のもとを訪ねてくれることはまずあるまい。

　わたしは、たとえば、蝶が花と間違え、群をなしてついて行った中国の乙女の物語を一部始終知りたいのである——彼女はそれほど馨《かぐわ》しく、美しかったのだ。それから、蝶に愛人を選ばせたという玄宗皇帝[3]、あるいは明皇《ミンホワン》の蝶について、もっと知りたいと思う。……帝は素晴らしい庭園でいつも酒宴を催した。そこには世にも美しい貴婦人たちが侍《はべ》り、籠《かご》に入れた蝶を女たちの中で放すと、蝶は一番美しい婦人のもとへ飛んでゆく。すると、皇帝はその一番美しい婦人に寵愛を賜《たまわ》ったのである。しかし、玄宗皇帝も楊貴妃《ようきひ》（中国人はヤン・クウェイ・フェイと呼ぶ）に会ってからは、蝶に相手を選ばせなくなった――これは不幸なことであった。なぜなら、楊貴妃は彼に深刻な災禍《わざわい》をもたらしたのだから。……それから、日本では荘周の名で良く知られている中国の学者の体験についても、もっと多くのことを知りたい。荘周は自分が蝶になった夢を見て、その夢の中で、蝶のあらゆる感覚を味わった。彼の魂が実際に蝶の形でさまよっていたからである。そして目醒めた時、蝶になっていた時の記憶や感情があまりにも生々しく心に残っていたため、人間のような振舞いができなかったと

1　第一書房版『小泉八雲全集』所収の大谷正信訳の訳註によれば、この話は『稽神秘苑』という書物に載っている。「廬山」は、廬山に住んでいた劉子郷という人物のこと。
2　ギリシア神話中の人物。神々の怒りをかって冥府につながれ、首まで水につかっているが、飲もうとすると水は退いてしまう苦しみを味わう。
3　この話は王仁裕『開元天宝遺事』の「随蝶所幸」という文章に見える。

いう。……最後に、種々《しゅじゅ》の蝶を皇帝とその侍者たちの霊魂だと認めた、中国のある公文書の文面を知りたい。……

蝶に関する日本の文学は、一部の詩を除いて、大半が中国起源のものらしく思われる。この題目は日本の美術や歌や習俗にいとも楽しく表現されているが、それに関する古い国民的な美的感情さえも、初めは中国の教えの下に育《はぐく》まれたのかもしれない。日本の詩人や画家が、自分の芸名、[4]すなわち職業上の呼名にチョウム（蝶の夢）とかイッチョー（一匹の蝶）という名前をしばしば選んだ理由《わけ》は、中国の先例から明らかに説明される。今日に至ってもなお、チョウハナ（蝶の花）、チョウキチ（蝶の幸運）、チョウノスケ（蝶の助け）といった芸名を芸者が用いている。蝶にちなんだ芸名以外に、この種の実際の個人名（ヨビナ）も今なお使われている——「蝶」を意味するコチョウとかチョウといったものだ。こうした名前はおおむね女性だけにつけられるが——奇妙な例外もないことはない。……また、ここに記しておいても良いだろうが、陸奥《むつ》の国には、一家の末娘をテコナ[5]と呼ぶ古い珍しい習慣が残っており——この面白い言葉は、よそでは廃語となってしまったけれども、陸奥の方言では蝶を意味するのである。古典時代には、この言葉はまた美しい女という意味も持っていた。……

蝶に関する日本人の奇怪な信仰のあるものが中国に由来するということはあり得るが、こうした信念は中国そのものより古いかもしれない。わたしの思うに、もっとも興味深いのは、生きた人間の魂が蝶の形になってさまようという考えである。この信念から、いくつかの愛すべき空想が生まれた——たとえば、もし蝶が客間に入って来て、葭戸《よしど》の裏にとまったならば、一番好きな人が会いに来る、といった考えである。蝶が誰かの霊魂かもしれないということは、それを怖がる理由にはならない。しかし、たとえ蝶でも、おびただしく現われると、人に恐怖を感じさせることが往々にしてあり、日本の歴史はそのような出来事を記録している。平将門《たいらのまさかど》が彼《か》の有名な謀叛《むほん》をひそかに企てていた時、京都に途方もない蝶の大群が現われて、人々は驚きおそれ

4 「雅号」とでもすべきところだろうが、ハーンの原文「geimyō」に従う。

5 第一書房版の訳註によれば、『倭訓栞』に次のような一節がある。「てふ蝶をよむは音なり。相模下野陸奥にてテフマ津軽にカニベ又テコナ」云云。

た——この妖物はやがて来る禍《わざわい》の兆《しるし》だと考えたのである。……おそらく、それらの蝶は、戦《いくさ》で死ぬ運命にある何千という人間の霊魂であり、それが戦争の直前、ある神秘な死の予感によって動揺したと考えられたのだろう。[6]

　しかしながら、日本人の信念に於いては、蝶は生きている人間だけでなく、死んだ人間の魂でもあり得る。実際、魂は最後に肉体から離れるという事実を告げるため、蝶の形になる習慣があり、それ故に、蝶が家に入って来たら親切に扱わねばならなかった。

　この信念と、それにまつわる奇妙な空想に言及したものは、通俗な劇のうちにたくさんある。たとえば、「飛んで出る胡蝶の簪《かんざし》」という有名な芝居がある。胡蝶は無実の罪を問われ、酷《むご》い目にあわされて自殺する美人である。彼女の仇《かたき》を討とうとする男は、非道を働いた人間を長い間探し求めるが、見つからない。だが、しまいに死んだ女の簪が蝶に変わって、悪人が隠れている場所の上を飛びまわり、復讐の手引きをするのである。

　もちろん、婚礼の時に飾るあの大きな紙の蝶（雄蝶《おちょう》雌蝶《めちょう》[7]）に、何か幽霊的な意味合いがあると考えてはならない。あれは象徴として、むつまじい和合の喜びと、新婚夫婦が一対の蝶のように、共に人生を過ごせるようにとの願いをあらわすものにすぎない。蝶の番《つがい》は楽しい園をひらひらと——あるいは舞い上がり、あるいは舞い下りて飛んでゆくが、けして遠く離れることはないからである。

二

蝶を詠《よ》んだ発句《ほっく》を少し御紹介すれば、日本人がこの題目の美的な側面に寄せた関心を御理解いただくのに役立つかもしれない。あるものは、ただの絵画——十七音節でこしらえた小さな色つきのスケッチであり、あるものは綺麗な空想、ないし優雅な暗示にすぎない——しかし、読者は多種多様なものがあることをお知りになるだろう。おそらく、読者は詩そのものにはあまり興味を持たれないかもしれない。エピグラム

6　この話は『吾妻鏡』に見える。
7　婚礼の盃事の際、一対の銚子につける折紙の蝶。

風な日本の詩への趣味は、ゆっくりと身につけねばならない趣味であって、このような作品の可能性を正しく評価できるようになるには、段階を踏んで、辛抱強く研究をつづけるしかないのである。たった十七音節の詩のために真剣な主張を持ち出すなどとは「馬鹿げていよう」と性急な批評をした人もいる。だが、それならば、カナの婚礼[8]に於ける奇蹟を歌ったクラショー[9]の名高い一行はどうなのだ？

Nympha pudica Deum vidit, et erubuit.*1
恥じらうニンフは神を見て、頬を染めたり。

たったの十四音節――しかも不朽の文字ではないか。さて、日本語の十七音節でも、これと同じほど驚くべき――いや、もっとずっと驚くべきことが――一度や二度ではなく、千度もなされている。……もっとも、以下に掲《かか》げる発句は、文学的理由以外の理由で選んだのであるから、さほど驚くべきものはないかもしれない。

脱ぎかくる*2

羽織すがたの
蝶蝶かな[10]

〔脱いだ羽織のよう――蝶はそんな形をしているよ！〕

鳥さしの
竿《さお》の邪魔する
蝴蝶かな[11]

8　「ヨハネ伝」第二章参照。ガラリヤのカナで婚礼が行われ、イエスが水を葡萄酒に変える奇蹟をさす。

9　リチャード・クラショー（一六一二―一六四九）の詩集「Epigrammatum sacrorum liber」（一六三四）に収められた「Epigrammata sacra」第九十六番からの引用。

10　河合乙州の句。以下に引用される句の漢字表記などは第一書房版の大谷正信訳に従うが、ハーンの原文に従って、分け書きにする。

〔ああ、あの蝶ときたら、鳥刺しの竿の邪魔をしつづけることよ！[*3]〕

釣鐘に
とまりて眠る
蝴蝶かな[12]

〔蝶は寺の鐘にとまって、眠る。〕

寝るうちも
游ぶ夢をや――
草の蝶[13]

〔眠っている間ですら、遊ぶ夢を見るのだ――ああ、草叢《くさむら》の蝶は！[*4]〕

起きよ、起きよ

我が侶《とも》にせん
　寝る蝴蝶[14]

〔起きよ！　起きよ！――私はおまえを仲間にしよう、おまえ、眠る蝶よ。[*5]〕

籠の鳥
蝶を羨《うらや》む
目付きかな[15]

〔ああ、あの籠に入れられた鳥の目に浮かぶ悲しげな表情――あれは蝶を羨んでいる

11　小林一茶（一七六三―一八二八）の句。
12　与謝蕪村（一七一六―一七八四）の句。
13　谷川護物（一七七二―一八四四）の句。
14　松尾芭蕉（一六四四―一六九四）の句。
15　一茶の句。

のだ！〕

蝶とんで
風なき日とも
見えざりき[16]

〔風の吹く日とも見えなかったが、[*6]あの蝶の羽ばたきようはどうだろう——！〕

落花枝に
かへると見れば
蝴蝶かな[17]

〔落ちた花が枝に戻るのを見ると——何と！　それはただの蝶であった！[*7]〕

散る花に

軽さ争《あらそ》ふ
蝴蝶かな[18]

〔あの蝶が散りゆく花と軽さを競《きそ》う姿といったら、どうだろう！[*8]〕

蝶々や
女の足の
後《あと》や先[19]

〔女の行く道をついてゆく蝶を見よ――今はうしろを飛んでいたかと思うと、今は前を飛んでいる！〕

16　加藤暁台《きょうたい》（一七三二―一七九二）の句。
17　荒木田守武（一四七三―一五四九）の句。
18　春海の句。春海は江戸中期の俳人で、高井几董編『其雪影』に句が入っている。
19　素園すなわち加賀千代（一七〇三―一七七五）の句。

蝶々や
花ぬすびとを
跟《っ》けて行く[20]

〔おやおや！あの蝶は――花を盗んだ人間のあとをつけて行くわい！〕

秋の蝶
友なければや
人に附く[21]

〔哀れな秋の蝶よ！――（同族の）仲間がいなくなって、人間（あるいは「ある人物」）のあとを追うよ！〕

追はれても

いそがぬふりの
　蝴蝶かな[22]

〔ああ、蝶よ！　たとえ追いかけられても、急いでいる様子を見せぬ。〕

　蝶は皆
十七八の
姿かな[23]

〔蝶というものはみんな十七、八歳に見えるものだ。[*9]〕

20 丁濤の句、と大谷訳にある。この句は横井也有（一七〇二―一七八三）の句として知られるが、丁濤は也有の別号か？
21 五味可都里（一七四三―一八一七）の句。
22 我楽の句。
23 松井三津人（一八二二没）の句。

蝶とぶや
　この世のうらみ
　　無きやうに

〔蝶の遊び戯れるさまは――あたかもこの世に恨み（あるいは「羨《うらや》み」）がないかのようだ！〕

蝶とぶや
　此世《このよ》に望《のぞみ》
　　無いやうに[24]

〔ああ、蝶よ！――まるで今生にこれ以上望むことはないかのように遊び戯れている。〕

波の花に
とまりかねたる
蝴蝶かな[25]

〔波の（水泡《みなわ》の）花にとまることは困難だとわかったらしい——あわれ、蝶よ！〕

睦しや
生れかはらば
野辺の蝶[26]

〔もし（来世で）野原の蝶に生まれかわるならば、その時はきっと、私達も共に幸せ

---

24 一茶の句。
25 谷文晁（一七六三—一八四一）の句。
26 一茶の句。

になれよう!〕[*10]

撫子《なでしこ》に
蝶々白し
誰の魂《こん》[27]

〔桃色の花に白い蝶がとまっている。一体誰の霊魂であろう?〕[*11]

一日の
妻と見えけり
蝶二つ[28]

〔一日だけの妻がやっと現われた——蝶のつがいよ!〕

来ては舞ふ

二人静《ふたりしずか》の
蝴蝶かな[29]

〔かれらは近づいて舞う。しかし、二人がついに出会うと、まことに静かなのだ、この蝶たちは！〕

蝶を追ふ
心もちたし
いつまでも[30]

〔私はいつまでも蝶を追いかける心（願い）を持ちたいものだ！〕*[12]

27　正岡子規の句。
28　大島蓼太（一七一八―一七八七）の句。
29　広瀬月化（一七四七―一八二二）の句。
30　杉長すなわち井上良珉（一七七〇―一八二八）の句。

蝶に関する詩のこうした見本のほかに、同じ題目を扱った日本の散文の風変わりな実例を一つ、お見せしたい。原文は――わたしはその自由訳を試みただけであるが――『蟲諫《むしいさめ》[31]』という珍しい古書に見えて、蝶に語りかける談話という形式を取っている。しかし、実際は教訓的な寓話で――社会的な浮沈の道徳的意味を暗示するものだ。

さて、春の日の下に、風は穏やかで、花は薄紅《うすくれない》に咲き、草は柔らかく、人々の心ははずんでいる。蝶々がいたるところを楽しげに飛び舞い、今は多くの人が蝶を題にした漢詩や日本語の詩を詠む。

この季節こそ、おお、蝶よ、まさにそなたの輝く栄《さか》えの時だ。そなたはじつに眉目《みめ》美《うる》わしく、そなたより美わしいものは世界中にあるまい。それ故に、ほかの虫はみんなそなたを讃え、羨む――羨まない者は一人としておらぬ。羨望の目でそなたを見るのは虫だけではない。人間もまたそなたを讃え、羨むのだ。中国の荘周は夢の中でそなたの形になった――日本の佐国《さこく》[32]という人は死んでからそなたの形になり、その姿で幽霊として現われた。またそなたが掻き立てる羨望は虫や人間だけに限らない。魂のない物ですら、そなたの形に姿を変える——大麦を見るがよい。あれも蝶になるではないか*13。

それ故に、そなたは慢心を起こして、こんなことを考えている。「この世界に、わたしより優れたものはない」と。ああ！ そなたの胸の内を推《お》しはかるのはたやすい。そなたは己の身に満足しすぎている。だから、このように軽々と風という風に吹かれるのだ——だから、けしてじっとしていず——いつも、いつもこう考えているのだ。「世界中にわたしほど幸運な者はいない」と。

だが、自分の生い立ちを少し考えてみるがよい。思い出すだけの値うちはあるぞ。それには下品な面もあるからだ。下品な面とはどういうことか？ そう、生まれてからずいぶんと長い間、そなたには己の姿を喜ぶ理由などなかった。その時分はただの青虫、毛虫であった。それに、貧しくて裸身を被う衣一枚買うことができず、そなた

31 江村北海（一七一三—一七八八）の著。
32 『発心集』「佐国愛華成蝶事」に見える。

の外見《みてくれ》はじつに厭《いや》らしいものであった。あの頃は、誰でもそなたを見ることを厭がった。まったく、そなたには恥ずかしがる理由があったし、恥ずかしさのあまり、身を隠すために古い小枝や屑《くず》を拾い集めて、隠れ家《が》をこしらえ、それを枝に吊るした――すると、みんなが「蓑虫やい！」[14]と囃《はや》し立てたものだ。それに、あの時分、そなたの罪は深かった。そなたは仲間たちと美しい桜の木の若葉の間に集まって、そこでこの上もない醜態を曝《さら》した。桜の木の美しさを愛《め》でに遠路はるばるやって来た人々の、期待を持った目は、そなたたちの姿に傷つけられたのだ。それに、そなたはこれよりももっと厭《いと》うべき悪さをしたぞ。そなたも知っていたことだが、貧しい、貧しい男や女が畑で大根を育てていた――暑い日の下で働きにはたらいて、しまいには、大根の世話をしなければならないために、辛《つら》い思いで胸が一杯になった。ところが、そなたは仲間を誘って、その大根の葉や、貧しい人々が植えたほかの野菜の葉にたかった。そなたは貪欲《どんよく》からそうした葉を食い荒らし、かじってあらゆる醜い形にした――貧しい人々が困ることなど、気にもかけなかった。……そう、そなたはそのような生き物で、そういうことをしておったのだ。

ところが今、美わしい姿になると、昔の仲間の虫たちを見下《みくだ》し、たまたま出会っても、知らぬふりをする〔文字通り訳すと、「知らないよという顔をする」〕。今では、金持ちで身分の高い人々しか友達にしようとしない。……ああ！　そなたは昔を忘れてしまったのだな。

たしかに、大勢の人がそなたの過去を忘れ、現在の優しい姿と白い翅《はね》に魅了されて、そなたのことを漢詩や日本語の詩に書く。以前の姿だったら、そなたを見ることにも耐えられぬ高貴の乙女が、今は喜んでそなたを見、簪《かんざし》にとまらせたがり、そなたがそこに舞い下りることを願って、優雅な扇を差し出すのだ。だが、このことで思い出すのは、そなたにまつわる古《いにしえ》の中国の物語だ。それは良い話ではない。

玄宗皇帝の御代《みよ》、宮中には何百何千という美しい貴婦人がいた――あまりに大勢いるものだから、誰が一番綺麗かを決めるのはどんな男でも難しいほどであった。そこで、美女たちをみな一所《ひとところ》に集めて、そなたをその中に放《はな》った。そなたが簪にとまった乙女が帝の閨《ねや》へ召されるということに定められたのだ。その時代、皇后は二人あってはならなかった――これは良い法律だったが、そなたのために、玄宗は国に大きな不幸をもたらしたのだ。というのも、そなたの心は軽薄で浮わついている。それほど多くの美女たちのうちには、心の清い者もあったにちがいないが、そなたは美しさしか探そうとせず、見た目のもっとも美しい人のところへ行った。されば、侍女たちの多くは正しい女の道を考えるのをまったくやめて、どうすれば男の目に素晴らしく見えるかばかりを研究するようになった。その結果、玄宗皇帝は傷《いた》ましい、苦しい死を遂げた——すべて、そなたの軽薄であさはかな心からだ。実際、そなたの本性《ほんしょう》は、ほかの行状からも容易に知れる。たとえば、木の中には——常緑樫《ときわがし》とか松のように——葉が枯れ落ちない年中緑の木がある——これらは心の堅《かた》い木、しっかりした性格の木だ。しかし、そなたは、そういう木は堅苦しいといって、けしてそちらを訪ねようとはせぬ。桜や、海棠《かいどう》＊15や、芍薬《しゃくやく》や、黄薔薇の方へばかり行くが、そういうものが好きなのは見ばえのする花を咲かせるからで、そなたはただもうそういう連中ばかり喜ばせようとする。言っておくが、さような振舞いはまことによろしくないぞ。あした木々はたしかに綺麗な花を咲かせるが、餓えを満たす実は結ばない。贅沢や見《み》栄《え》を好む者だけが有難がるのだ。まさしくそれ故に、かれらはそなたの羽ばたく翅と華車《きゃしゃ》な形を喜ぶ——それ故に、そなたに親切なのだ。

さて、この春の季節、そなたは金持ちの庭で楽しげに舞い、あるいは花盛りの桜の木の美しい小径《こみち》をさまよいながら、こう考える。「この世の誰も、わたしほどの喜びは持っていないし、わたしのように立派な友達も持っていない。人が何と言おうと、わたしは芍薬が一番好きなのだ――それに、金色の黄薔薇はわたしの可愛い人で、わたしは彼女のどんな些細《ささい》な言いつけにも従う。それがわたしの誇りであり、喜びだからだ」……そなたはそう言うが、花の優雅な盛りの季節《とき》はじつに短い。じきに萎《しお》れて、散ってしまう。そうして、暑い夏になれば緑の葉だけしかなく、やがて秋風が吹き始めると、木の葉さえもパラリパラリと雨のように落ちてゆく。その時、そなたの運命は、「タノム木ノ下ニ雨降ル」〔私が避難所として頼りにした木からも、雨が漏れる〕と諺にある不運な者の運命と同じである。そなたは昔馴染《むかしなじみ》の地虫《じむし》、根切り虫を探し出して、昔の穴へ帰らせてくれと頼むだろう――ところが、今は翅があるので穴へ入ることができず、天地間のいかなる場所にも身を寄せることができなくなって、その時分には野の草も枯れており、舌を潤《うるお》す一滴の露も手に入れることはできない――そなたはもはやただ身を横たえて、死ぬことしかできない。それもこれも、すべてそなたの軽薄で浮わついた心ゆえだ――しかし、ああ！　何と悲しい最期《さいご》であろう！……

三

蝶に関する日本の物語は、前にも言った通り、おおむね中国起源のものと思われる。しかし、わたしはたぶんこの国固有のものとおぼしい話を一つ知っている。これは、極東には「ロマンティックな恋愛」などないと信ずる人々のために、お話しする値うちがあるように思われる。

首都郊外の宗参寺《そうざんじ》という寺の墓地の裏手に、長い間、小さな家がポツンと一軒立っていて、高浜という老人が住んでいた。愛想が好《よ》いので近所の人には好かれていたが、あの老人は少し頭がおかしいとほとんどの者が思っていた。僧侶の誓いでも立てたのならべつだが、さもなくば、人は結婚して一家を営むべきものである。しかし、高浜は宗教生活を送ってもいないのに、いくら勧めても結婚しようとしなかった。それに、婦人と恋仲になったという話もたえてなかった。五十年以上、まったく独《ひと》り身で暮らしていた。

ある年の夏、彼は病気にかかり、余命いくばくもないことを知った。そこで、後家になっている義理の妹と、その一人息子を呼び寄せた――息子は二十歳《はたち》の若者で、高浜はたいそう可愛がっていた。二人はすぐにやって来ると、できる限りのことをして、老人の最期を慰めようとした。

ある蒸し暑い日の午後、後家さんと息子が枕元で見守っていると、高浜は眠りに落ちた。と同時に、たいそう大きな白い蝶が部屋へ入って来て、病人の枕にとまった。甥《おい》は団扇《うちわ》で蝶を追い払ったが、蝶はすぐに枕へ戻って来て、また追い払っても、また戻って来るのだった。そこで、甥は蝶を庭へ追い出し、庭を横切って、開《あ》いていた門をくぐり、隣の寺の墓地に入った。しかし、蝶はまるで遠くへ追われるのを厭がるかのように、甥の前をひらひらと飛びつづける。その振舞いがじつに奇妙なので、これは本当に蝶なのだろうか、それとも魔[*16]なのだろうかと甥は訝《いぶか》りはじめた。彼はまた蝶を追って、墓地の奥の方まで入って行ったが、やがて蝶はとある墓石――女の墓――の前に飛んで行った。不思議なことに蝶はそこで消えてしまい、探しても見つからなかった。そこで甥は石塔をよく調べてみた。そこには、あまり聞き慣れない姓とともに「アキコ」という名が刻んであり、アキコは十八の年に死んだ旨《むね》が記してあった。見たところ、その墓石は五十年ほど以前に建てられたらしく、苔《こけ》が生えかかっていた。しかし、手入れは行きとどいていて、墓の前には鮮花が供えられ、水溜めも水を満たしたばかりであった。

病人の部屋へ戻って来ると、伯父が息を引き取ったと聞かされて、若者は愕然《がくぜん》とした。死は眠っている間に苦しみもなく訪れ、死顔は微笑んでいた。

若者は墓地で見たもののことを母親に話した。

「ああ！」と後家さんは叫んだ。「それじゃあ、アキコだったにちがいないよ！」

「でも、アキコって誰なんです、母さん？」と甥はたずねた。

後家さんはこたえた。

「あなたの伯父さんが若い時、近所の娘さんでアキコという可愛らしいお嬢さんと許嫁《いいなずけ》だったんだよ。アキコは婚礼の日の少し前に肺病で亡くなって、夫になるはずだった伯父さんはたいそう悲しんだのさ。アキコが葬られたあと、伯父さんはけして結婚しないという誓いを立てて、いつもお墓のそばにいられるように、墓地のそばにこの小さな家を建てたんだよ。これは五十年以上も前のことよ。その五十年間、毎日——冬も夏も——伯父さんはあの墓地へ行って、お墓にお参りをして、墓石を掃除して、お供物《くもつ》をそなえていたの。でも、そのことを人に言われるのを厭がって、けして口に出さなかったの。……それじゃ、とうとうアキコが迎えに来たんだわ。白い蝶はアキコの魂だったんだよ」

四

わたしは〝胡蝶の舞〟という古い日本の舞楽のことを言い忘れるところだった。これは、かつて宮中で、蝶の衣裳を来た舞人が演じたものである。今日も何かの折に舞うことがあるかどうか、わたしは知らない。これをおぼえるのは非常に難しいそうである。正しく演ずるには六人の舞人が必要で、決まった格好をして動かなければならない——一つ一つの足踏み、姿勢、身ぶりについて、伝統的な規則に従い、互いのまわりをごくゆっくりとまわるのである。手鼓と太鼓、大小の笛と、西洋の牧神《パン》が知らない形をした牧神の笛[33]の音に合わせて。

33 ハーンは、簫《しょう》、笙《しょう》の類の楽器をヨーロッパの〝牧神の笛（一種の葦笛）〟にたとえている。

原註

＊1　「恥じらうニンフは彼女の神を見て、頬を赤らめた」（あるいは、もっとよく知られた翻訳では、「恥じらう水は神を見て、頬を赤らめた」）この詩行では「nympha」という単語の二重の語義——ギリシア・ローマの詩人たちは、これを泉の意味と泉や湧き水の神の意味との両方で使った——が、日本の詩人が行う優雅な言葉遊びを思い出させる。

＊2　ふつうは「脱ぎかける nugi-kakéru」と書く。意味は「脱いで、掛ける」あるいは、この詩の場合のように「脱ぎはじめる」。もっと自由に、しかし、もっと効果的に訳すならば、この詩はこうも訳せるだろう——「羽織を脱ごうとしている女——それが蝶の姿である。」この比較の妙を味わうためには、ここに出て来る日本の服を見たことがなければならない。羽織は絹の服——袖のついた外套のようなもの——で、男も女も着る。しかし、この詩が暗示するのは婦人の羽織であり、通常男の羽織よりも色合いが豊かで、素材も贅沢である。袖は広く、裏地は通常明るい色の、しばしば美しい染め分けの絹である。羽織を脱ぐ時、輝かしい裏地があらわれる——そんな瞬間、ひらひらとはためく輝きは動く蝶の姿にたとえられよう。

＊3　鳥刺しの竿には鳥黐《とりもち》が塗ってある。この詩が暗示するのは、蝶がしつこく竿の向かう先に入って、鳥刺しが竿を使うのを邪魔している——すなわち、蝶が鳥糯《とりもち》にからめとられると、それを見て鳥が警戒してしまう、ということだ。「ジャマ・スル」は、「邪魔する hinder」

とか「邪げるprevent」を意味する。

＊4 休んでいる時でさえ、蝶の羽は時々顫《ふる》えるのが見られる——まるで飛ぶ夢を見ているかのように。

＊5 日本のもっとも偉大な発句作者、芭蕉の小詩。この詩は春の楽しい気分を暗示しようとしている。

＊6 文字通り記せば「風のない日」。しかし、英語と異なり、日本語の詩に於いて、二重否定は必ずしも肯定をあらわさない。意味はこうである——風はないけれども、蝶の羽ばたく動作は、少なくとも目で見たところは、強い風が戯れているかと思わせる。

＊7 仏教の諺「落花枝に返らず、破鏡ふたたび照らさず」(「散った花は枝に戻らず、割れた鏡は二度と姿を映さない」) を踏まえる。諺ではああ言うけれども——私は落ちた花が枝に戻るのを見たようだった……いや、それは蝶にすぎなかった。

＊8 おそらく、散る桜の花びらの軽やかなひらひらする動きに言及しているのだろう。

＊9 すなわち、かれらの動きの優雅さは、長い振袖の衣を美しくまとった若い娘たちの優雅さを思わせる、と言うのである。ある日本の古い諺は、悪魔ですら十八の齢《とし》には可愛らしいと言う——「鬼も十八、薊《あざみ》の花」

＊10 あるいは、この詩をもっと効果的に訳すると、こんな風になるかもしれない。「二人一緒で幸せだと君は言うのか？ そうだ——もし来世で蝶に生まれ変わるとしたら、その時は仲むつまじくなれるかもしれない！」この詩は、有名な詩人一茶が妻と離婚する時に詠んだものである。

*11　あるいは、「Tare no tama? タレ・ノ・タマ〔誰の魂《たま》〕」[34]

*12　文字通り訳せば、「蝶を追う心を私はいつまでも持っていたい」、すなわち、私はいつまでも幸せな子供のように、他愛《たあい》ないものに喜びを見つけられる人間でありたい。

*13　古い迷信――おそらく中国から伝わったのであろう。[35]

*14　さなぎのこしらえる巣被いが、日本の農民の着る蓑《みの》、すなわち藁づくりのレインコートに似ていることから来た名称である。辞書に載っている「basket-worm」という訳語がまったく正しいかどうか、よくわからない――しかし、普通ミノムシと呼ばれるさなぎは、実際、basket-worm の被いそっくりのものを独力でこしらえる。

*15　学名 Pyrus spectabilis。

*16　邪霊。

34 ハーンの本文のアルファベット表記は「Taré no kon?」となっている。

35 干宝の『捜神記』巻十二に、「故腐草之為螢也、朽葦之為螢也、稲之為也、麥之為蝴蝶也」云々とある。平川祐弘訳註によると、『蟲諫』には「小麦の蝶に化するをいふなり」とある由だが、ハーンは「barley-grain」と書いているので、訳文はそれに従った。

蚊

わたしは自分の身を守るために、ハワード博士の本『蚊』[1]を読んでいる。蚊にさんざんひどい目に遭《あ》わされているのだ。うちの近所には数種類の蚊がいるが、本当にわたしを苦しめるのは一種類だけである——全身に銀の斑《まだら》が入って銀の縞目《しまめ》がある、小さい針のような奴だ。こいつに刺されると、まるで電気で焼かれたように痛い。こいつのぶんぶんいう唸《うな》り声にも、やがて来る苦痛の性質を先触れする、つん裂くような音色がある——ちょうど、特定の匂いが特定の味を暗示するような具合だ。わたしの見たところ、この蚊はハワード博士がステゴミュイア・ファスキアータあるいはクーレクス・ファスキアートゥスと呼ぶ生物によく似ており、その習性はステゴミュイアと同じである。たとえば、これは夜行性というより昼行性で、午後にもっとも人を悩ます。わたしはこの蚊がわが家の庭の裏手にある寺の墓地——非常に古い墓地——から来ることを発見した。

ハワード博士の著書によれば、近所から蚊をいなくするには、かれらが育つ澱《よど》んだ水に、少量の石油あるいは灯油《とうゆ》を注ぐだけで良いそうである。「十五平方フィートの水面に対し一オンス、水面がそれより狭ければ、それに比例した量」の油を、週に一ぺん用いよという。……しかし、わたしの家の近所の状態を考えていただきたい！

先に言った通り、わたしを苦しめる連中は寺の墓地から来る。その古い墓地にあるほとんどすべての墓石の前に、「ミズタメ」と呼ばれる水受け、ないし水槽がある。たいていの場合、このミズタメは墓碑を支える幅広い台石に彫った楕円形の凹《くぼ》みにすぎないが、金《かね》のかかった墓石の前には台石の水槽はなく、一枚石から切り出した、もっと大きい、独立した水槽が置いてあって、それには家紋や象徴的な彫刻で装飾がほどこしてある。もっともつましい種類の墓石の前にはミズタメはなく、茶椀などの器に水が入れてある――死者にはどうしても水が必要だからだ。また、花も供《そな》えなけ

1　アメリカの昆虫学者リーランド・オシアン・ハワード（一八五七―一九五〇）の著書『Mosquitoes』（一九〇一）。

ればいけないので、それぞれの墓石の前に一対の竹筒などの花立てがあり、もちろん、これにも水が入っている。墓地には墓に水をやるための井戸がある。親族や友人が墓参りに来るたびに、水槽や茶椀に新しい水が注がれる。しかし、この種の古い墓地には何千というミズタメ、何万という花立てがあるから、その水を全部、毎日取りかえることはできない。水は澱み、孑孑《ぼうふら》がわく。深い水溜めはめったに乾くことはない——東京は雨がよく降るので、十二カ月のうち九カ月は、いくぶんか水が溜まっている。

さて、わたしの敵が生まれるのは、こうした水槽や花立ての中なのだ。連中は死者の水から何百万とわいて来る——そして仏教の教えによると、かれらのうちのある者は、ほかならぬその死者の生まれ変わりかもしれないのだ——前生の過《あやま》ちによって、食血餓鬼《じきけつがき》、すなわち血を飲む餓鬼の境涯に堕《お》とされたのかもしれないのだ。……とにかく、クーレクス・ファスキアートゥスの悪質さからすると、あのわんわん泣くちっぽけな身体に悪人の魂が押し込められていると考えるのも、無理のないことであろう。

さて、灯油の話に戻ると、いかなる場所でも、そこにある澱んだ水の面《おもて》をすべて灯油の膜《まく》で蔽《おお》ってしまえば、蚊は根絶できる。幼虫は呼吸をしに上がって来ると死ぬし、雌の成虫も卵を浮かべようとして水面に近づくと殺《や》られるからだ。ハワード博士の本を読むと、人口五万人のアメリカの町を蚊から解放するためにかかる費用は、三百ドルを超えないそうだ。……

もし東京市庁が――この市庁は過激なまでに科学的で、進歩的である――寺の墓地の一切の水面を、一定の間隔をおいて、灯油の膜で蔽えという命令を突然出したら、何と言われるだろう！　生き物の命を――たとえ目に見えない命であろうと――奪うことを禁ずる宗教が、そのような布告に従うことが、どうしてできよう？　孝心を持つ者が、そのような命令に同意することを夢にも考えられるだろうか？　それに、東京中の墓場にある何百万ものミズタメと、何千万もの竹の花立てに七日に一ぺん灯油をさす労力と時間の費《つい》えを考えると！……不可能だ！　この街を蚊から解放するには、昔からの墓場を取り壊す必要があろう――それは墓に付属している寺の破滅を意味し――そして、いとも多くの魅力的な庭が、蓮池や、梵語《ぼんご》の刻まれた碑や、反《そ》り橋や、神聖な木立や、妖しく微笑む仏陀たちもろともに消滅することを意味するだろう！

されば、クーレクス・ファスキアートゥスの撲滅《ぼくめつ》は先祖から伝わった信仰の詩情を破壊することになる――たしかに、あまりにも大きな代価である！……

それに、わたしも自分の番が来たら、どこか古風な寺の墓場に葬ってもらいたいのだ――そうすれば、わたしが幽霊になってつきあうのは、明治の流行や変化や崩壊を好まぬ昔の人たちであろうから。わが家の庭の裏手にある古い墓地など、もってこいの場所だろう。あそこにある物はすべて、この上ない、驚くばかりの風変わりな美しさを持っている。一つひとつの木や石が、もはや生きた人間の脳裡には存在しない、古い、古い理想によって形造られている。物の影ですら、この今の時代と陽光の影ではなく、蒸気も、電気も、磁気も、いや――灯油さえ知らなかった忘れられた世界の影である。また、大釣鐘がゴーンと鳴る音にはある古雅な響きがあって、わたしの中の十九世紀的な部分から不思議なほど遠く離れた感情をよび醒《さ》まし、それが微《かす》かに盲目的に心の底で動きはじめると、わたしは怖くなる――得もいわれず快くもなり、怖くもなる。あの大波のうねるような鐘声を聞くたびに、わたしの魂の深い底でもがき、うち震えるものを意識する――億万の死と誕生の朦朧《もうろう》とした暗がりを越えて、光に到達しようとあがく記憶のような感覚である。わたしはあの鐘の音が聞こえるところにいつまでもいたい。……そして、食血餓鬼の境涯に堕ちる可能性を考えると、竹の花立てかミズタメの中に生まれ変わって、そこからこっそりと、かそけき辛辣《しんらつ》な歌を歌いながら、知っている誰かを刺しに行く機会を持ちたいものだと思う。

蟻

一

夜の嵐が去って朝空は澄み渡り、まぶしい青さだ。空気――馨《かぐわ》しい空気――は、大風に折れたり、ばら撒《ま》かれたりした無数の松の枝が放つ甘い松脂の匂いに満ちている。近所の竹藪から、「妙法蓮華経」を讃える鳥の、笛の音《ね》のような啼《な》き声が聞こえ、大地は南風のためにたいそう静かである。夏がずっと遅れて、今やっと本当に訪れた。風変わりな日本風の色彩の蝶がひらひらとあたりを舞い、蟬《せみ》がジイジイと鳴いている。蜂がブンブン唸《うな》っている。蚋《ぶよ》が陽の光の中で踊っている。そして蟻が壊《こわ》れた住処《すみか》をせっせと直している。……わたしはふと日本の詩を思い浮かべる――

行衛《ゆくえ》なき
蟻の住家《すまい》や
五月雨《ごげつあめ》1

〔哀れな生き物はもうどこにも行き場がない！……この五月の雨にうたれる蟻の住処《すみか》の悲しさよ！〕

だが、わたしの庭にいる、あの大きな真っ黒い蟻には同情する必要もなさそうだ。大木が根こぎになり、家々が粉微塵《こなみじん》に吹き飛ばされ、道路が洗い流されて消えてしまう間、かれらは何か想像もできないやり方で嵐をしのいだ。だが、台風の前には、地下の町の門をふさぐほかに、何ら目に見える用心はしなかったのである。そして、今日かれらが意気揚々と働いている光景《すがた》を見ると、蟻について一篇の随筆を書きたくなる。

わたしはできれば古い日本の文学から何かを——何か感情豊かな、あるいは形而上学的なものを引用して、わが論考の序に代えたかった。だが、日本人の友人たちがこの題目について見つけることができたものは——値うちのないいくらかの詩を除く

1　加藤暁台《きょうたい》の句。ハーンは原句二行目の「住家」を「sumai」としているが、ここでは原句に従う。

と——すべて中国の文学だった。この中国の資料は主に奇譚《きたん》から成っていたが、そのうちの一つは引用に値するように思われる——ほかに良いものがないから。

中国の台州に信心深い男がいて、長年の間、毎日ある女神を熱心に崇拝していた。ある朝、お祈りをしていると、黄衣をまとった美しい婦人が部屋へ入って来て、男の前に立った。男は大いに驚き、何の御用です、どうして案内もなしに入っていらしたのです、とたずねた。女はこたえた。「妾《わたし》は人間の女ではない。そなたが長い間、忠実に崇《あが》めてきた女神じゃ。今は、そなたの信心が無駄でなかったことを示しに来たのじゃ。……そなたは蟻の言葉を知っておるか？」崇拝者はこたえた。「てまえは生まれの賤《いや》しい、無知な人間でございます——学者ではございませんし、御立派な方々の言葉さえ存じません」それを聞くと、女神は微笑《ほほえ》んで、懐《ふところ》から香箱《こうばこ》のような形をした小さい箱を取り出した。箱を開けると、指を一本その中に浸《ひた》し、何かの膏《あぶら》をつけて、それを男の耳に塗った。「さあ」と男に言った。「蟻を探してみよ。そして見つかったら、屈《かが》み込んで、注意深くかれらの話を聴け。そなたにはそれが理解できるであろう。そして何かそなたのためになることが聞けるであろう。……ただし、忘れるな、けして蟻を怖がらせたり、苛立《いらだ》たせたりしてはならぬぞ」そういうと、女神の姿は消えた。

男はさっそく蟻を探しに外《おもて》へ出た。戸口の敷居をまたぐや否や、家の柱の一つを支えている石の上に、二匹の蟻がいるのに気づいた。その上に屈み込んで耳を澄ますと、蟻たちの話し声が聞こえ、言っていることがわかるので、びっくりした。「もっと暖かい場所を探してみようや」と蟻の一匹が提案した。「何で暖かい場所なんだい?」ともう一匹がたずねた——「この場所のどこが悪いんだい?」「下は湿《しっ》気《け》が多すぎるし、冷たいよ」と第一の蟻が言った。「ここにはたいそうな宝物が埋まってるから、お日様もそのまわりの地面を温められないのさ」それから、二匹の蟻は連れ立ってどこかへ行ってしまい、聴いていた男は鍬《くわ》を取りに走って行った。柱のまわりを掘ると、やがて金貨が一杯入った大きな壺がいくつも出て来た。男はこの宝物を見つけて、大金持ちになった。

男はその後も、よく蟻の会話に聴き耳を立てた。しかし、二度とかれらの話し声を聞くことはできなかった。女神の膏はたった一日だけ、蟻の神秘な言葉に彼の耳を開いたのだった。

さて、わたしもこの中国の信心家のように、自分がまったく無知な人間で、生来蟻の会話を聞くことなどできないと告白しなければならない。だが、〝科学の妖精〟が時々魔法の杖で、わたしの耳と目に触ってくれる。すると、ほんの束《つか》の間《ま》だが、聞こえないものを聞き、感知し得ないものを感知することができるのである。

二

キリスト教徒でない国民が我々自身の文明よりも倫理的に優れた文明を生んだと口にするのは、けしからぬことだとさまざまな仲間内で考えられている。それと同じ理由から、わたしがこれから蟻について申し上げることが気に入らない方々もおいでだろう。しかし、わたしなどは到底《とうてい》及びもつかないほど賢い人々で、キリスト教の恩恵とは別個に、昆虫と文明のことを考える人々がいるのである。そして、わたしは新しく出た『ケンブリッジ博物誌』[2]を見て、意を強くする。これにはデイヴィド・シャープ教授[3]が蟻について書いた以下のような言葉が載っている。

こうした昆虫の生活に於ける非常に注目すべき現象の数々が、観察によって明らかになった。実際、かれらは多くの点で、社会で共に生きる術《すべ》を我々人間よりも完全に会得《えとく》したという結論を――また、社会生活を大いに楽にする、ある種の産業や技術を獲得する上で、我々に先んじているという結論を避けることはできない。

ものを良く知っておられる方なら、練達の専門家によるこの率直な言《げん》に疑いを差し挟《はさ》む方はほとんどおられないだろうと思う。この現代の科学者は、蟻や蜜蜂について感傷的になるような人ではないが、社会の進化という点では、こうした昆虫が「人間を超えて」いるように見えることを認めるに躊躇《ちゅうちょ》しないであろう。ハーバート・スペンサー氏[4]にロマンティックな傾向があるといって非難する人は誰もいないだろうが、

2　昆虫の部の第一巻が一八九五年に、第二巻が一八九九年に出た。
3　イギリスの昆虫学者（一八四〇―一九二二）。
4　イギリスの哲学者・社会思想家・倫理学者（一八二〇―一九〇三）。ハーンへの影響については解説を参照。

そのスペンサー氏は、シャープ教授よりも大分先へ進んでいる。蟻は、真の意味で、経済的のみならず倫理的にも人間より進んでいる——かれらの生活は完全に利他的な目的に捧げられていることを、我々に示すのだ。実際、シャープ教授はいささか不必要に、次のような用心深い発言によって、蟻への賞讃を限定する——

蟻の能力は人間のそれとは異なる。それは個の福祉よりも種《しゅ》の福祉に捧げられており、個体は、いわば集団の利益のために犠牲にされるか、特化されるのである。

この文章が言外に仄《ほの》めかしている意味は明らかで、——個の改善が共同の福祉の犠牲とされるような社会状態には遺憾《いかん》な点が多いということである——それは現実の人間の立場からすれば、おそらく正しいのだろう。なぜなら、人間はまだ進化が不十分であって、人間社会はさらなる個体化によって得るところが多いからだ。しかし、社会的な昆虫に関していうと、ここに仄めかされた批判には疑問の余地がある。「個人の向上は」とハーバート・スペンサーは言う。「その個人を社会協力により良く適合させることに存する。そして、このことは社会の繁栄をもたらすものであるから、種の維持をもたらすのである」言い換えれば、個人の価値はただ社会との関係に於いてのみ存在し得る。そして、これを認めるならば、個人がその社会のために犠牲となることの是非は、社会がその成員のさらなる個体化によって何を得るか、失うかによって決まるはずである。……しかし、やがておわかりになるけれども、蟻社会の状態でもっとも注目に値するのは倫理的状態であり、これは人間の批判を超えている。なぜなら、それはスペンサー氏が「利己主義と利他主義との折り合いがついて、一方が他方と融合する状態」として描くところの、道徳的進歩の理想を具現しているからである。それはすなわち、唯一のあり得る快楽が利己的でない行為の快楽である状態である。あるいは、ふたたびスペンサー氏の言葉を引用すれば、昆虫社会の活動は「個人の安寧を集団の安寧よりもあとまわしにする結果、個人生活に注意が向けられるのは、ただ社会生活に然《しか》るべき注意が向けられるようにするため必要な限りに於いてである……個人はその活力を保つために必要なだけの食物や休息しか取らない」

三

　読者も知っておいでだろうが、蟻は園芸や農耕を行う。茸《きのこ》の栽培が巧みである。(現在知られている限りでは)五百八十四種類の異なった動物を飼い馴《な》らしている。固い岩を穿《うが》ってトンネルを掘る。子供たちの健康を害するおそれのある大気の変化に対処する方法を知っており、昆虫としては例外的に寿命が長い――高度に進化した種類の成員はかなりの年数を生きるのである。

　しかし、わたしが申し上げたいのは、べつにこうした事柄ではない。お話ししたいのは、蟻のたいそうな礼節、恐るべき道徳性[*1]についてなのである。我々のもっとも驚くべき行動の理想ですら、蟻の倫理に較べれば――進歩を時間によって計算すると――何百万年も遅れている!……わたしが「蟻」と言うのは、もっとも高等な種類の蟻であって――もちろん、蟻科全体のことではない。蟻には二千種類ほどあることが知られているが、これらは社会組織に於いて、非常に異なる程度の進化を示している。生物学的にもっとも重要なある種の現象や、倫理という問題との奇妙な関係に於いて、それに劣らず重要なある種の現象は、もっとも高度な進化を遂《と》げた蟻社会の生活に於いて研究しなければ、有効ではない。

蟻の長い一生に於ける相対的経験の蓋然的《とうぜんてき》価値については、近年いろいろと書かれてきたから、蟻に個性があることを否定する人はまずいないと思う。この小さな生き物たちが、まったく新しい種類の困難にぶつかって、これを克服し、まったく経験したことのない状況に順応してゆく際に見せる知性は、独立した思考力を相当に有することを証している。だが、少なくともこれだけは確かである。蟻は、純粋に利己的な方向に発揮され得る個性を持っていない——わたしは今、「利己的」という言葉を通常の意味で使っている。欲深い蟻とか、好色な蟻とか、七つの大罪のどれかを、いや、小さな微罪のどれかすら犯し得る蟻は想像もできない。もちろん、ロマンティックな蟻、イデオロギーをふりまわす蟻、詩的な蟻、また形而上学的思索を好む蟻などというものも、同様に想像しがたい。いかなる人間の精神も、蟻の精神の完全な即物性に達することはできまいし、現在のように出来上がっているいかなる人間も、蟻のように申し分なく実際的な精神的習性を培《つちか》うことはできないだろう。しかし、この無上に実際的な精神は、道徳的な過《あやま》ちをおかすこともない。蟻に宗教的観念がないと証明することは、おそらく困難だろう。しかし、そのような観念が蟻には何の役にも立たぬことはたしかである。道徳的な弱さを持ち得ない存在は、「霊的指導」の必要を超越している。

我々は蟻社会の性格と蟻道徳の性質をただ漠然《ばくぜん》としか思い描くことができず、それをするためにすら、いまだにあり得ない人間社会と人間道徳の状態を想像しようとつとめなければならない。それでは、ひとつ、絶え間なく猛烈に働いている人々——その人々はみな女性のように見える——で一杯の世界を想像してみよう。こうした女性たちの誰一人として、体力を維持するのに必要な以上の食べ物を、たった一粒でも摂《と》るように説得したり、騙《だま》したりすることはできない。そして、誰もその神経組織を正常に保つのに必要な長さより、一秒たりとも長く眠ることはない。かれらはみな、いとも特異に出来上がっていて、ほんの少しでも不必要な快楽に耽れば、機能の混乱を来《きた》すようになっている。

こうした婦人労働者たちが日々行う仕事には、次のようなものが含まれる——道路造り、架橋、材木の伐《き》り出し、数えきれないほどの種類の建築、園芸と農耕、百種類もの家畜の飼養と保護、種々の化学製品の製造、無数の食糧の貯蔵と保存、そして一族の子供たちの世話。かかる労働はすべて国家のためになされる——その市民は誰も「財産」について、公共物として以外には考えることさえできない——そして、この国家の唯一の目的は、若者——そのほとんど全部が女の子である——の養育と訓練である。幼児期は長い。子供たちは長い間、かよわいだけでなく不格好《ぶかっこう》で、その上たいそう繊弱《せんじゃく》なため、ごくわずかな温度変化からも注意深く護らなければならない。幸い、かれらの保母たちは保健の規則をわきまえている。めいめいが換気や、消毒、排水、湿気、そして病菌の危険について、知るべきことを知り尽くしている——病菌も、たぶん、彼女たちの近視眼にはよく見えるのかもしれない——顕微鏡を使うと我々の目にも見えるように。実際、衛生問題はすべて良く理解されているので、いかなる保母も、身のまわりの衛生状態について間違いをすることは、けしてない。

　こうした不断の労働にもかかわらず、いかなる労働者もだらしない格好はしていない。誰もが入念に身形《みなり》を小綺麗にして、日に何回もお化粧をする。しかし、すべての労働者が、手首にいとも美しい梳《くし》とブラシをつけて生まれて来るから、化粧室で時間を無駄にすることはない。わが身を厳重に清潔に保つことに加えて、労働者はまた子供たちのために、家と庭を完璧に整理整頓しておかなければならない。地震、噴火、洪水、あるいは深刻な戦争でもない限り、塵払《ちりはら》い、掃《は》き掃除、磨《みが》き掃除、消毒といった日課が妨げられることはない。

四

さて、それではもっと不思議な事実を申しあげよう。このたえまない労役の世界は、ウェスタ女神の巫女《みこ》たちの世界に優るものなのである。たしかに、そこでも時に雄が見受けられることはあるが、特定の時季《じき》に現われるにすぎないし、労働者とも労働ともまったく関係を持たない。かれらの誰一人として、労働者に声をかけるなどという僭越《せんえつ》なことはしない——おそらく、共通の危険がある非常事態はべつであろうが。そして、労働者も雄と言葉を交わすことなど、考えてもみない——この奇妙な世界では、雄は劣った存在であり、戦うことも働くこともできず、ただ必要悪として容赦されているにすぎないからだ。ある特殊な階級の雌——その一族の〝選ばれた母たち〟——だけが、特定の季節にごく短期間だけ、もったいなくも雄と交わる。しかし、〝選ばれた母たち〟は働かない。そして、夫を受け入れなければならない。労働者は雄と一緒にいることさえ夢にも考えられない——そのような交際《つきあい》はいとも軽薄な時間の無駄だからというだけでなく、労働者は必然的にすべての雄を言うに言われぬ軽蔑の念をもって見るからでもなく、労働者は婚姻《こんいん》ができないからなのである。たしかに、労働者の中には、単性生殖をして、父親のいない子供を生むことができる者もいる。しかし、一般に、労働者が真に女性的なのは道徳的本能によってだけである。彼女は我々が「母性的」と呼ぶ優しさや、忍耐や、洞察をすべてそなえているが、仏教伝説に登場する〝竜女〟のごとく、その性は消えてしまっているのだ。

肉食動物や国家の敵から身を守るために、労働者たちは武器を持っている。さらに、

5　原語 worker は「ハタラキアリ」とも訳せる。
6　ウェスタはローマの女神。この神に仕える巫女は純潔を厳しく要求された。

大きな武力によって保護されている。戦士たちは、（少なくとも、ある集団では）労働者よりずっと大きいので、一見、同じ種族とは信じ難い。自分が守る労働者より百倍も大きい兵隊[7]も珍しくない。しかし、こうした兵隊はアマゾンたちで[8]――いや、もっと正確に言うと、半女性なのである。かれらはしっかり働くこともできるが、主に戦闘と重い物を引っ張ることのために身体ができているので、役に立つのは、技術よりも腕力が求められる方面に限られる。

〔なぜ雄ではなく雌が進化によって兵隊と労働者に特化したのかは、見かけほど簡単な問題ではないかもしれない。わたしには答えられないのを良く承知している。しかし、自然の効率性がそのことを決定したのかもしれない。多くの生命体に於いて、雌の方が、身体の大きさでも精力でも、雄をはるかに上まわっている――おそらく、この場合は、完全な雌がもともと雄よりもたくさんの生命力を貯えていて、特殊な戦士階級を形成するには、それを利用した方が速いし有効だったのかもしれない。生殖力のある雌に於いては生命を生むのに費されるすべての精力が、ここでは攻撃力や労働能力の発達に向けられたかに思われる〕

真の雌——〝選ばれた母〟——はまったくごく少数で、女王のような待遇を受ける。かれらはたえず恭《うやうや》しく傅《かしず》かれているため、めったに願いを口に出すこともできない。生活のあらゆる苦労から解放されている——子孫を生む義務《つとめ》はべつであるが、夜も昼も、あらんかぎりの世話をうけている。かれらだけがあり余るほどの豊富な食べ物を与えられる——子孫のために王侯《おうこう》のごとく飲み食いし、休まねばならないのだ。そして、かれらの生理的な特化がそのように勝手気ままな放縦《ほうしょう》を許すのである。かれらはめったに外へ出ないし、出る時は必ず強力な護衛が随行する。無用の疲れや危険を招くようなことをさせてはならないからだ。おそらく、かれらはあまり外へ出て行きたくもないのだろう。一種族の全活動がかれらのまわりで行われる。その知性も、労力も、節倹も、ことごとくこうした〝母親〟たちと子供たちの安寧に向けられている。

7 原語 soldier はヘイタイアリとも訳せる。
8 ギリシア神話に登場する女性だけの部族で、勇猛な戦士であるアマゾネスのこと。

だが、この種族の最後の、もっとも軽小な地位にあるのが、こうした〝母親たち〟の夫――必要〝悪〟――雄なのである。すでに述べた通り、かれらは特定の一時季にだけ現われ、寿命はごく短い。ある者は女王と婚姻する運命にあるとはいっても、高貴な血筋を誇ることさえできない。かれらは王家の子孫ではなく、処女から生まれた子――単性生殖による子供たち――であって、とくにその理由から、劣等な存在、ある神秘な先祖返りの偶然の所産なのである。しかし、蟻の国はいかなる種族の雄も、ほんの少数しか――〝選ばれた母親たち〟の夫として事足りるだけの数しか許容しないし、これら少数の雄も、ほとんど義務を果たしたとたんに死んでしまう。自然の掟という言葉の意味は、この特異な世界では、努力しない生活は犯罪であるというラスキン[9]の教えとまったく同じであり、雄は労働者としても戦士としても役に立たないので、かれらの存在にはただ一時《いっとき》の重要さしかないのである。たしかに、かれらは犠牲にされるわけではない――テスカトリポカ[10]の祭のために選ばれて、心臓をえぐり出される前に二十日間の蜜月を許されるアステカの生贄《いけにえ》とはちがう。しかし、かれらの立派な運命もそれと同じくらい不幸である。若者が次のようなことを知りながら育てられると想像して御覧になるが良い――自分たちはただ一晩だけ女王の花婿となる運命であり――婚礼が終わったら、もう生きる権利はない――結婚は自分たちみんなにとって、確かな死を意味する――そして、自分たちの死んだあとも幾世代にもわたって生きつづける若い未亡人が、自分を悼《いた》んでくれることさえ望めないのだと……！

五

だが、これまでに述べて来たことは、すべて「昆虫世界の奇譚《ロマンス》」への序説にすぎない。

この驚くべき文明に関するもっとも驚愕すべき発見は、性の抑圧の発見である。蟻の生活のある種の進んだ形に於いては、大多数の個体に性がすっかりなくなってしまう――ほとんどすべての高等な蟻社会では、性生活は種の存続のため絶対に必要な程度しか存在しないように思われる。しかし、生物学的事実そのものよりもずっと驚く

9　ジョン・ラスキン（一八一九―一九〇〇）。英国の批評家・社会思想家。
10　アステカ神話の主要な神の一人。

べきなのは、それが与える倫理的な示唆である――というのも、性的能力のこの事実上の抑圧ないし調節は、自発的なものに思われるのだ！　自発的というのは、少なくとも、種に関してはそうである。今日では信じられていることだが、これらの素晴らしい生き物たちは、特殊な栄養摂取の仕方によって、子供の性を発達させたり、発達を止めたりする方法を知っている。本能のうちでもっとも強力な、手に負えないものと普通考えられているものを、完全に統御《とうぎょ》することに成功したのだ。そして、性生活をこのように厳しく抑制し、絶滅を防ぐために必要な範囲内にとどめることは、この種族がなしとげた多くの重要な効率化の一つにすぎない（とはいえ、もっとも驚異的なものではあるが）。利己的な快楽――「利己的」という言葉の普通の意味で――を味わう能力は、いずれも生理的変異によって等しく抑圧されている。自然の欲望に耽《たん》溺《でき》することも、その耽溺が直接間接に種の利益となり得る程度までしか可能ではない――食物と睡眠という必要不可欠な欲求ですら、健康な活力を維持するのに必要なギリギリの程度までしか満たされない。個は共同社会の利益のためにしか、存在し、行動し、思考することができず、共同社会は、宇宙の法則が許す限り、愛にも空腹にも支配されることを拒むのだ。

わたしたちの大多数は、何らかの宗教的信条——未来の報いの望みや、未来の罰への恐怖——がなければ、いかなる文明も存在できないと信じて、育てられて来た。道徳的思想に基づく法律がなければ、また、そういう法律を施行するための有能な警察がなければ、ほとんど誰もが自己の個人的な利益だけを求め、他の誰もに不利益を蒙《こうむ》らせると考えるように、わたしたちは教わって来た。それでは強者が弱者を滅ぼすだろう。憐れみや同情は消えるであろう。社会組織全体がバラバラになってしまうであろう。……こうした教えは人間性が現《げん》に持っている欠陥を告白するもので、明らかな真理を含んでいる。しかし、何千年何万年も前にそうした真理を初めて宣言した人々は、利己主義が本性上あり得ない社会生活の形式を想像さえしなかったのだ。宗教を持たない自然は、我々に確証を示す必要があった——積極的な慈善の快楽《よろこび》が義務の観念を不要にする社会が存在し得る——本能的な道徳性があるために、あらゆる種類の倫理規範をなしで済ますことのできる社会——すべての成員が、生まれながらに完全に非利己的であり、精力的に善良であるため、どんな幼い者にとっても、道徳的訓練などというものは、貴重な時間の浪費をしか意味し得ない社会が存在し得るという確証を。

かかる事実は、進化論者に必然的に暗示する——我々の道徳的理想主義の価値はほんの一時的なものであり、美徳よりも良い、親切よりも良い、克己よりも良い——そうした言葉を現在人間が用いている意味で使うとして——何物かが、ある条件の下に、やがてそれらに取って代わるかもしれないことを。道徳的観念のない世界の方が、そうした観念に行動を規制される世界よりも、道徳的に優れているのではないかという問題に、彼は面と向かわざるを得なくなる。我々自身の間に宗教的戒律や、道徳的法則や、倫理的基準があるということは、我々がいまだ社会進化のごく幼稚な段階にいることを証明しているのではないか、とさえ自問せざるを得なくなる。そして、こうした疑問は自《おの》ずからもう一つの疑問に導く——果たして人類はこの惑星の上で、そのあらゆる理想を超えた倫理的状態に到達し得るだろうか——我々が今悪と呼ぶものはすべて萎縮《いしゅく》して消え去り、美徳と呼ぶものはすべて本能に変わっている状態——倫理的な考えや規範が、高等な蟻の社会では今でもそうであるように、不用になっているような利他主義の状態に。

現代思想の巨人たちはこの問題に注意を払って来た。そして、かれらのうちでもっとも偉大な人物は、それに――一部分は肯定的に答えている。人類はいずれ倫理的に蟻の文明と比肩できる文明のある段階に到達するだろうという信念を、ハーバート・スペンサーは表明している。

本性が体質的に改造された結果、利他的な活動が自己中心的な活動と一つになっている事例が、もしも下等生物に見られるとすれば、同様の一体化が、同様の条件の下で、人間にも起こるだろうということを否応なく考えさせられる。社会的昆虫はまったく適切な例を――そして、個体の生活が他の個体の生活への奉仕に、いかに驚異的な程度にまで同化され得るかを示す例を我々に提供する。……蟻も蜜蜂も、我々が言う意味での義務感を持っているとは考えられないし、その言葉の通常の意味で、たえず自己犠牲を払っていると考えることもできない。……（これらの事実は）次のことを我々に示している――利他的な目的を追求するのに、他の事例では自己中心的な目的を追求する際に示されるのとまったく同じくらい精力的な、あるいはそれ以上に精力的な性質を生み出すことが、有機組織の可能性のうちにあることを——また、そういう場合には、他の面で自己中心的な目的を追求することにより、こうした利他的な目的が追求されることを、これらの事実は示している。有機組織の必要を満たすために、他者の幸福をもたらすこうした行動が実行されなければならない。……

・　・　・　・　・　・　・　・

利己心につねに他者への思いやりが従属するという状態が未来永劫続かねばならぬということは、真理とは程遠い。その反対に、他者への思いやりが結局は大きな喜びの源となって、自己中心的な欲求を直接満たすことから得られる喜びを凌駕《りょうが》するようになるであろう。……そうすると、結局は、自己中心主義と利他主義との折り合いがついて、一方が他方と融合する状態がやはり訪れるであろう。

六

もちろん、右の予言は次のようなことを含意してはいない——昆虫社会のさまざまな階級はある構造的分化によって区別されるけれども、そういう構造的分化に代表されるような生理的変化を人間の性質が蒙《こうむ》る、ということを。我々はべつに、活動的な大多数者が半女性の労働者とアマゾンから成り、選ばれた〝母親たち〟という不活発な少数者のためにかれらがあくせく働く、そういう人類の未来図を想像せよと言われてはいないのである。「将来の人口」という章に於いても、スペンサー氏は、より高度な道徳的類型を生み出すのに必要な肉体的変異を詳説しようと試みてはいない——もっとも、完成された神経組織と人間の繁殖能力の大きな減退に関する氏の一般論は、そのような道徳的進化が少なからぬ程度の肉体的変化を意味することを暗示してはいるが。もしも互恵の快楽が人生の喜びのすべてとなるような未来の人類を信ずることが許されるなら、進化の可能性の範囲内にあると昆虫生物学の事実が証明した、肉体的、道徳的な他の変態を想像することも許されるのではあるまいか？……わたしにはわからない。わたしはハーバート・スペンサーをこの世に現われたもっとも偉大な哲学者として、深く崇敬している。だから、何か氏の教えに反することを書いて、それを読者が〝綜合哲学〟によって吹き込まれたものだなどと想像するようなことがあっては、はなはだ遺憾《いかん》である。以下に述べる考察については、わたし一人が責任を負うものであり、もしわたしが誤っていたら、罪はわたし自身にあるものとお考えいただきたい。

思うに、スペンサー氏が予言した道徳的変態が成し遂げられるには、生理的変化がそれを助けなければならず、それには恐るべき代価を支払わねばなるまい。昆虫社会が示しているあの倫理的状態には、いとも酷烈《こくれつ》な欲求に逆らって、必死の努力を何百万年も続けた末に初めて到達できたにちがいない。人類も、同じように無慈悲な欲求に遭遇し、これをついに克服せねばならないかもしれない。人間を襲い得る最大の苦難の時はまだこれから来るのであって、それは人口圧力が可能な限り最大になる時期と同時であろうことをスペンサー氏は示した。その長い圧迫のさまざまな結果のうちには、人間の知性と同情との大きな増加があり、この知性の増加は人間の繁殖力を犠牲にしてもたらされるだろうとわたしは理解している。しかし、この生殖力の衰えは、もっとも高等な社会状態を保証するに足るものではなく、人間の困苦の主因である人口圧力を緩和《かんわ》するだけであろうと我々は教えられている。人類は完全な社会的均衡状態に近づくことはできるだろうが、けして到達はしないだろう——社会的昆虫がそうしたように、性生活の抑圧によって経済問題を解決する手段が見つからない限りは。

そのような発見がなされたと仮定しよう。そして、人類は子供の大多数の性の発達を止め――それによって、現在は性生活に求められている力を、もっと高等な活動にふり向けることを決断するとしよう――その結果は、蟻のような多形性の状態に行きつくのではあるまいか？ その場合、〝来《きた》るべき種族〟はまさしく、その高等な部類に於いては、――男性よりもむしろ女性の進化を通じて、男女どちらでもない大多数の存在によって代表されるのではなかろうか？

今でさえ、いかに多くの人々が、（宗教的な、とは言わないまでも）ただ非利己的な動機から己に独身生活を課しているかを考えると、もっと高度に進化した人類が、共同の福祉のために、とりわけ、ある利益が得られるとわかっている場合、性生活の大部分を喜んで犠牲にすることが考えられなくはあるまい。そうした利益のうちでも小さからぬものは――飽くまでも人類が、蟻が自然に行っているやり方を真似て、性生活を制御できるとしての話である――寿命が桁外《けたはず》れに延びることだろう。性を超越した高等な型の人間は、千年の命という夢も実現できるかもしれない。

今でもすでにわたしたちは、やらねばならぬ仕事をするのに人生が短すぎると感じている。そして、発見の進歩がつねに加速し、知識が熄《や》むことなく増大してゆくと、時が経つにつれて、命の短さを惜しむ理由はいっそう大きくなるにちがいない。科学が錬金術師の望んだ〝霊液〟を発見することは、とてもありそうにない。〝宇宙の諸力〟は我々がそれをくすねることを許すまい。かれらが我々に差し出す利益の一つひとつに対し、十分な代価を支払わなければなるまい。無には無を、というのが永遠の法則である。おそらく、長寿の代価は、蟻がそのために支払っているのと同じ代価かもしれない。ことによると、どこかもっと年老いた惑星では、その代価がすでに払われていて、子孫を生む能力は、種の他の仲間とは、想像もできない形で形態が分化した階級に限られているかもしれない。……

七

しかし、昆虫生物学上の諸事実は、人間進化の将来の道筋について、いとも多くのことを暗示する一方、また倫理と宇宙法則との関係についても、はなはだ重要なことを暗示しはしないだろうか？　どうやら、人間の道徳的経験があらゆる時代にわたって非として来たことを為し得る生物には、最高度の進化は許されていないようである。どうやら、為し得る最高の強さは無私無欲の強さであり、至高の力が残酷さや淫欲に与えられることはけしてなさそうである。神々はいないかもしれない。しかし、あらゆる形態の存在を形成し、分解する諸力は、神々よりもずっと厳しい要求をするように思えるだろう。星々の振舞いに「劇的傾向」があると証明するのは不可能である。だが、それでも、宇宙の進行は、人間の利己主義と根本的に対立する、人間のすべての倫理体系の価値を肯定するように思われる。

原註

＊1　これに関して、興味深い事実がある。ant に相当する日本語の「アリ」は、「昆虫」をあらわす文字と「道義」「礼節」（ギリ）を意味する文字から成る表意文字で表わされることだ。したがって、この漢字はまさしく「礼節虫」を意味するのである。

解説

南條竹則

プッチーニの歌劇「蝶々夫人」はどなたも知っておられるかと思いますが、マダム・バタフライの物語の先駆《さきがけ》というべき小説をフランスの作家が書いていたことを御存知でしょうか？

その小説は「お菊さん」――フランス語の原題を片仮名にすると、「マダム・クリザンテーム」――といいます。

作者はピエール・ロティ（一八五〇～一九二三）というフランス海軍の士官でした。この人は仕事柄世界各国をめぐって、自分の訪れた国々を舞台に、異国情緒溢れる小説やエッセイを書き、人気を博しました。

ロティは日本へも二回来たことがありました。初来日は一八八五年で、その後、一九〇〇年にもふたたび訪れ、翌年にかけて滞在しています。『お菊さん』（一八八七）はエッセイ集『秋の日本』（一八八九）と共に、第一回目の日本滞在が生んだ作品で、長崎で日本娘と同棲した日々を綴《つづ》っています。

そのあらすじを申し上げると、まずこんな具合になりましょうか——

主人公は作者ロティ本人で、彼はこの作品を「一夏の日記」と称しています。ロティはフランスの軍人として長崎へ来ましたが、到着する前から、日本という異国の娘と〝結婚〟しようと考えていました。といっても、もちろん、正式の結婚ではなく、日本にいる間だけの、いわば現地妻をもらうのであります。

彼はそこで「百花園」という茶屋の主《あるじ》カングルー（勘五郎でしょうか？）に斡旋《あっせん》を頼みます。カングルーはマドモワゼル・ジャスマンという上品な少女を紹介しますが、ロティの気に入りません。たまたま、その少女の顔見せの席に来ていたお菊という芸者がいいといって、あれを世話してくれ、とカングルーに頼みます。

話はまとまり、ロティは市外の高台にある、お梅という芸者上がりのお婆さんの家の二階に、お菊さんを住まわせます。

それから、軍艦とお菊さんのところを行ったり来たりする毎日が始まり、ロティはお菊さんとお寺詣でをしたり、茶屋をめぐったりしますが、淡々とした筆致で語られる二人の関係には、とくに愛もなく、悲劇もありません。

ロティは次第にそんな生活に飽きてきて、お菊さんにもなにやら厭気《いやけ》がさしてきますが、そうこうするうちに、長崎を去る時が来ました。

この小説で一番鮮烈な印象を残すのは、けだしお菊さんとの別れの場面です。船が出る前、ロティは最後の別れを告げにお菊さんのところへ行きます。見ると、二人がいた部屋は今はがらんどうになり、お菊さんはロティが与えた銀貨を部屋中にまき散らして、歌をうたいながら、それをつまんでみたり、裏返したり、床に投げたりして遊んでいました——

こんな興醒めな思いを味わったせいか、ロティの日本人観は非常に辛辣《しんらつ》です。岩波文庫版『お菊さん』の訳者・野上豊一郎は「ロチの此の甘味を缺いだ〔ママ〕小説が日本人の大部分に喜ばれようとは思へない」といっていますが、甘味を欠いているだけでなく、ロティは当時の白人が黄色人種に対して持っていた偏見と軽蔑の念をいささかも隠そうとはしません。たとえば——「此の日本に於いては、外觀の立派でないものは一つもない。度し難い野鄙と笑の癖が有らゆるものの底に潜んではいるが。（前掲書一六二頁）」「日本人は生きてゐる間は實にグロテスクである。だから、死後の平静な莊嚴の中に彼等を想像して見ることは殆ど不可能である（同二〇四頁）」「出發の間際になつて、私は、此の良く働く、勤勉な、金儲けに目のない、立憲的の氣取りと遺傳的の愚劣と鼻持のならない猿らしさとに汚されている、此の禮に厚い小さい國民の蠢めきの群を見て、私は心窃かに輕い侮蔑の微笑を見出し得るのみである。(同二〇六〜二〇七頁)」といった調子なのです。

ところが、このような人の小説に、日本贔屓《びいき》の外国人の最右翼ともいうべきラフカディオ・ハーン――すなわち本書の著者――がぞっこん惚《ほ》れ込んでしまったのですから、世の中というのは面白いものであります。

ハーンはニューオーリンズで新聞記者をしていた頃から、「ロティの結婚」「アジアーデ」「アフリカ騎兵」といった作品を愛読し、ロティを「世界最大の散文作家」(『明暗』所収「蟬」)と考えるほどに入れ込みました。「新ロマン派作家」という、英語では初《はつ》のロティ論を書き、その作品を英語に翻訳し、文通もするといった具合で、ロティに対する敬愛の念は生涯変わることがありませんでした。

ハーンの友人であり、支援者でもあったバジル・ホール・チェンバレンなどはロティが大嫌いで、この男は人間として鼻持ちならないと言っています。ところが、そんなチェンバレンに対し、ハーンは一貫して作家としてのロティを弁護し、賞讃しつづけました。それはたぶん、作品のプロットや東洋人に対する見方などとは別次元の、詩的な文章とそれを生み出すある種の繊細な感性が、ハーン自身の持っていた詩的な感受性と響き合ったからなのでしょう。

ハーンの翻訳者であり、優れた研究者でもあった平井呈一は、『日本瞥見記』の巻末につけた「八雲と日本」という文章の中で、こう述べています。

……たとえば、絹糸のような刻みたばこを煙管につめる、器用な女の手つき、夏の日ざかりの町なかの静けさ、蟬の声、夾竹桃の花の揺らぎ、岐阜提灯のほのかな灯影、そういう些末なことどもの繊細な描写が、どれほどハーンの心を揺さぶったことか。おそらく、随喜の涙を流さんばかりの深い感銘を――研究的文献や記録的な見聞記からはえられない、深い豊かな文学的感銘を、ハーンは「お菊さん」から受けたにちがいないとおもいます。

ハーンが「お菊さん」を読んだのは、日本へ来る二年ほど前、マルティニーク島にいた時と思われます。

彼はこの作品にすっかり魅せられ、そのことが来日を決心する誘因の一つになったのではないかと平井呈一は考えていますが、それはきっとあたっているでしょう。

＊

前述のロティをはじめ、バジル・ホール・チェンバレン、アーネスト・サトウ、イザベラ・バード、アーネスト・フェノロサ、ジョルジュ・ビゴーなど、明治期の日本を海外に紹介した外国人は少なくありませんが、ラフカディオ・ハーンはその中でも別格の存在といえましょう。

ハーンほど日本を愛し、少し贔屓《ひいき》の引き倒しが過ぎるかと思われるほど、この国の文化や習慣を深い同情を持って全世界に紹介した人は、ちょっとほかに思いあたりません。

それに、本書に収められた「耳なし芳一」や「雪女」の物語は、諸々の翻訳を通じて、もはや日本文学の古典になっています。わたしなどもそうでしたが、子供の頃、こうした物語に親しんだ日本人はたいそう多いでしょう。ですから、たいていの人はハーンを本書『怪談』の作者として記憶していると思います。けれども、彼にはほかにもいろいろな業績があり、曲折に富む人生がありました。まずは、その経歴をごく簡単に御紹介いたしましょう。

ラフカディオ・ハーンは一八五〇年六月二十七日、アイルランド生まれのイギリス人チャールズ・ブッシュ・ハーンとギリシア人ローザ・カシマチの次男として、ギリシアのレフカダ島に生まれました。

父チャールズは英国陸軍の軍医で、ギリシアに派遣されている間に土地の名家の娘ローザと恋仲になり、結婚したのでした。二人には初めジョージ・ロバートという男の子が生まれましたが、この子はハーンが生まれてからまもなく亡くなります。

ハーンがまだ母親のお腹《なか》にいる時、父は軍務のためイギリスへ召喚され、西インド諸島へ転属になりました。母はハーンを生んだ後、二人でレフカダ島に二年ほど過ごしましたが、やがて母子《おやこ》はダブリンの父の生家に引き取られます。父もダブリンに戻って来ますが、母ローザは慣れない異郷の暮らしや夫の長い不在などから精神に異常を来《きた》し、夫とも不仲になってギリシアへ帰りました。ハーンは裕福な大叔母ブレナン未亡人に引き取られました。

ブレナン夫人はハーンに厳格なカトリック的教育を施《ほどこ》し、ダラム市近郊にある聖《セント》カスバート校という神学校に入れますが、ハーンはカトリック信仰、ひいてはキリスト教一般に強い反感を抱くばかりでした。

やがてブレナン夫人は投資に失敗して破産します。学費も払えなくなったため、学校を中退したハーンは一八六九年にアメリカへ渡り、知人の親戚を頼ってシンシナティーへ行きます。しかし、頼りにした人たちからはすぐに厄介払いをされて、職を転々としながら、その日暮らしの生活をしていました。そのうち、ヘンリー・ワトキンという印刷業者と知り合い、ワトキンの世話で雑誌の編集助手や校正の仕事をするようになります。

やがて「シンシナティー・インクワイヤラー」紙の主筆に文才を認められ、同社の正社員となって、精力的に働きはじめました。この頃、ハーンが書いた記事は貧民街探訪とか、犯罪、オカルティズム、幽霊といった話題をよく扱っています。中でも「皮革製作所殺人事件」という世間の注目を集めた凄惨な事件の記事は、ジャーナリストとしてのハーンの名を一躍高めました。この記事は夙《つと》に佐藤春夫が「無法な火葬」(『尖塔登攀記』所収)という題で邦訳しています。

ところが、ハーンはこの新聞社を突然馘《くび》になってしまいます。じつはこの頃、彼は混血の黒人女性マッティ・フォリーと同棲し、白人と黒人の結婚を禁じた州法を犯して、結婚してしまったのです。それが解雇の原因でした。マッティとの生活はやがて破綻を来《きた》し、ふしだらなマッティはあちこちで揉《も》め事を起こして、ハーンを悩ませます。けっきょく、ハーンは彼女から逃げ出すようにニューオーリンズへ移って生活の新規蒔《ま》き直しを図りますが、定職には中々つけず、デング熱にかかったりして、四苦八苦の毎日が続きます。

けれども、やがて「ニューオーリンズ・アイテム」社の副編集長となり、暮らし向きも良くなってきました。彼は南部のこの街へ来て、クレオール人の生活や文化に関心を持ち、スペイン語を学びはじめます。また海外（主にフランス）の文学作品や、雑誌・新聞記事の翻訳、紹介、批評といったものをさかんに書きます。

この頃、ハーンが翻訳したフランスの作家には、テオフィール・ゴーチェをはじめ、ゾラ、モーパッサン、ドーデー、ネルヴァルなどがいます。ボードレールなども読んでおり、その点で、彼の教養はオスカー・ワイルド、アーサー・シモンズ、アーネスト・ダウスンといったイギリス世紀末のいわゆる〝デカダン派〟文学者たちと共通していたと言えるでしょう。ハーンの文芸趣味は、一言に言うと大変ロマンティックなもので、イギリスの古典よりも、むしろドイツ・ロマン派やロマン派以降のフランス文学、そしてインド、ユダヤ、イスラム圏を含む非西欧諸国の神話や宗教、物語などに惹《ひ》かれます。

「シンシナティー・インクワイヤラー」紙には煽情的《せんじょうてき》な記事をたくさん書いたハーンでしたが、この頃になると、彼の仕事は外国文学の紹介や批評、文芸論などが増えてゆきます。そして一八八一年には新生「タイムズ・デモクラット」紙の文芸部長に迎えられて、文化欄を担当します。生活も安定し、世界各国の神話や伝説、民族音楽の研究に勤《いそ》しみます。翻訳ではフローベールの『聖アントワーヌの誘惑』のほか、ヴィリエ・ド・リラダン、前述のピエール・ロティなどが彼のレパートリーに加わって来ます。

ハーンはこのニューオーリンズ時代から日本に関心を持ちはじめましたが、やがて彼と我が国との縁を結ぶ出来事が起こりました。一八八四年の暮、ニューオーリンズで万国博覧会が開幕したのです。

これは詳しくは「万国工業兼綿花百年記念博覧会」といい、農産物、商工業製品、教育の三部門にわたる展示が行われました。取材に赴《おもむ》いたハーンは、会場で日本政府の代表として派遣された服部一三、高峰譲吉と会い、翌年にかけてこの博覧会の取材をしました。

その後、一八八七年に『中国怪談集』を上梓したハーンは、新聞社を辞めて文筆に専念します。熱帯を舞台にした小説を書きたいと思っていた彼は、カリブ海に浮かぶマルティニーク島に、二年近くに及ぶ旅行をしました。その旅の記録を「ハーパーズ・マガジン」誌に掲載し(これは後に『仏領西インドの二年間』という本にまとめられました)、原稿料を稼ぎながら島の生活を満喫し、文化風俗を研究して、小説の題材も仕入れたのです。

彼がマルティニーク島にいた時『お菊さん』を読んだことは前に申しましたが、博覧会の取材もしたし、ロティの小説も読んだし、日本への関心と憧《あこが》れはいやが上にも高まっていたことでしょう。マルティニーク島の見聞記を書いて、それを仕事にしたように、どこかの出版社をスポンサーにして、日本へ取材旅行に行けないだろうか——ハーンはおそらくそんなことを考えながら、一八八九年、ニューヨークに戻ると、「ハーパーズ・マガジン」誌の美術主任記者W・パットンと会いました。

ハーンはハーパー社と交渉の末、翌一八九〇年、同社の特派員として来日します。ところが、横浜に着くと日本がすっかり気に入ってしまい、旅行などではなく長期滞在を決意します。待遇の不満もあってハーパー社との契約を破棄し、当時、東京帝国大学の教師をしていたバジル・ホール・チェンバレンや、博覧会で知り合った文部省の服部一三の斡旋で、島根県尋常中学校と師範学校の英語教師として、八月末、松江に赴きます。

これ以降のハーンのことは、みなさんも大筋は御存知でしょう。松江での教師生活は、ハーンにとってたいそう幸福な経験でした。彼は古い文化の残るこの街に魅せられ、土地の士族の娘・小泉セツという伴侶も得ました。ところが、島根の冬は寒さが厳しいために、健康を害したハーンは、冬が比較的温暖だという熊本の第五高等中学校へ翌年転任します。校長は柔道家の嘉納治五郎でした。しかし、熊本はハーンにとって松江ほど魅力的ではなかった上に、同僚とも上手くゆかず、おまけに第五高等中学校は存廃《そんぱい》が取り沙汰されて、先々の不安も出て来ました。

ハーンは一八九四年、神戸の外字新聞「神戸クロニクル」紙に転職しますが、過労のため、もともと良くなかった目の病状が悪化して、翌年一月に同社を辞めます。当時の彼は著作による収入も増え、文筆だけで暮らしてゆける自信を持っていました。教職の口もいくつかありましたが、熊本での苦労に懲《こ》りて、おいそれとは話にのりませんでした。しかし、チェンバレンの斡旋で、東京帝国大学の総長外山正一に招かれると、一八九六年九月から、同大学の英文学講師に就任します。

大学でハーンは大勢の優秀な学生に教えました。教え子には英文学者の上田敏、厨川白村、戸川秋骨、田部隆次、劇作家の小山内薫などがいます。

しかし、この頃の大学は外国人教師を徐々に日本人に代えてゆく方針で、しかも、ハーンの後盾《うしろだて》となった外山正一は一九〇〇年に世を去ります。一九〇三年一月、ハーンは東京帝国大学から突然解雇通知状を送りつけられました。これには本人が憤《いきどお》っただけでなく、学生たちも彼の留任運動を起こし、海外の新聞も大学の振舞いを非難しました。大学側は授業時間と俸給を減らすかわりに雇いつづけるという折《せっ》衷案《ちゅうあん》を提示して留任を求めますが、ハーンはこれを断ります。アメリカに行くことなども考えましたが、体調が思わしくないので、結局日本にとどまり、翌一九〇四年には早稲田大学から招かれて、英文学史と英文学の講義をします。しかし、この年の九月、自宅で心臓発作を起こして急逝《きゅうせい》しました。

＊

ざっとこうした経歴を見てもおわかりのように、ハーンの主な仕事は、日本での教職をべつとすれば、若い頃から一貫してジャーナリストとしての文筆活動でした。

彼の著作は創作から随筆、紀行、評論、翻訳といった多分野にわたっています。創作は初め長篇小説も試みましたが、自分に向いていないことに気づき、後年は得意とする短篇に専念しました。それもまったくの独創ではなく、ある原典に基づいて、それを語り直したもの——すなわち、平井呈一のいう「再話」に本領を発揮したのです。

この点に関しては、ハーンの初期の仕事を見れば、頷《うなず》けるものがあるでしょう。彼が初めて世に出した単行本は、フランスの作家テオフィール・ゴーチェの短篇の翻訳『クレオパトラの一夜その他』（一八八二）でした。フランス語が堪能《たんのう》だったハーンは、当時出まわっていた翻訳に杜撰《ずさん》なものが多いことを嘆いて、愛する作家の作品を立派な英語に訳し、高い評価を得たのでした。

翻訳とは、原典に書いてある内容を、出来るだけ忠実にべつの言語で語り直すことです。どの程度の、またどういう種類の忠実さが要求されるかは、翻訳をする目的によりますが、いずれにしても、翻訳者は原作者の敷いたレールから脱線してはいけません。一方、ある原典の骨格を借りながら、それが自分の心に喚起した構想や感情を思いのままに表現し展開して、別の作品につくり変えてしまうのが再話であります。両者の距離はさほど遠いものではありません。ですから、このあとに出した二冊の本、『飛花落葉集』（一八八四）と『中国怪談集』（一八八七）がいずれも再話文学だったことは、いかにも自然な成り行きのようにわたしには思われます。

このうち、『飛花落葉集（原題はStray Leaves from Strange Literature）』は、英訳と仏訳に基づいて、インド、ペルシア、フィンランドなどの短い物語を英語で語り直したものです。一方、『中国怪談集』はやはりフランス語や英語の資料をもとに、中国の六つの物語を語り直しています。

両者に共通する特徴は、日常生活から遠く離れた異国の不思議話を集めている点で、ハーンの怪奇趣味、ロマンティシズムをよく示していますが、こういう嗜好は、新聞記者としての彼の仕事にもすでにあらわれていたものでした。

＊

日本で教鞭をとるようになっても、ハーンの文筆家としての精力は衰えませんでした。彼が日本で書いた単行本には、「ちりめん本」といわれる小さいお伽噺《とぎばなし》の本などをべつとすると、次のようなものがあります（上に原題と刊行年、下に日本語訳の例を一つ二つ挙げておきます）。

Glimpses of Unfamiliar Japan（1894）『知られぬ日本の面影』（平井呈一訳は『日本瞥見記』）

Out of the East: Reveries and Studies in New Japan（1895）『東の国から、新しい日本における幻想と研究』

Kokoro: Hints and Echoes of Japanese Inner Life（1896）『心、日本の内面生活の暗示と影響』

Gleanings in Buddah-Fields: Studies of Hand and Soul in the Far East（1897）『仏陀の国の落穂、極東の手と魂の研究』

Exotics and Retrospectives（1898）『異国風物と回想』
In Ghostly Japan（1899）『霊の日本にて』
Shadowings（1900）『明暗』（第一書房版は『影』）
A Japanese Miscellany（1901）『日本雑記』
Kottō: Being Japanese Curios, with Sundry Cobwebs（1902）『骨董、さまざまな蜘蛛の巣のかかった日本の骨董品』
Kwaidan: Stories and Studies of Strange Things（1904）『怪談、不思議なことの物語と研究』
Japan: An Attempt at Interpretation（1904）『日本、解釈の試み』
The Romance of the Milky Way and Other Studies and Stories（1905）『天の川綺譚、その他の研究と物語』

このうち、『日本』はアメリカでするつもりだった講演のために書いた原稿をまとめたもので、宗教という問題を中心に日本を正面から論じた論文ですが、他はすべて雑纂《ざっさん》とでもいうべきものです。一冊のうちに紀行文、印象記、風俗の観察、民間伝承や詩歌の紹介、論考など、日本を題材としたさまざまな文章が集められており、どの本にも物語が多かれ少なかれ入っています。その割合がもっとも高く、奇談集と称して良いのが、『骨董』と『怪談』の二冊であります。

『日本』と『天の川綺譚』は没後に出ていますから、生前最後に上梓された単行本は『怪談』で、これはまさにハーンの〝白鳥の歌〟といえるでしょう。ここには、年来の怪奇趣味と再話文学に於ける円熟した技倆《ぎりょう》、そして日本文化への共感・理解といった諸要素が結晶しているのです。

＊

単行本『怪談』は二つの部分、というよりも、二つの作品から成っています。

第一部の「怪談」は不思議な話を集めたもので、作者自身が語るように、大部分は日本や中国の文献を下敷きにしています。

ハーンが依拠《いきょ》した原典については、先人たちの研究によって、大要が明らかにされています。ここに、平川祐弘訳『骨董・怪談』（河出書房新社）の註に従って、出典を挙げておきましょう。

「耳なし芳一の話」——一夕散人『臥遊奇談』巻之二、「琵琶秘曲泣二幽霊一」
「おしどり」——『古今著聞集』巻二十
「お貞の話」——石川鴻齊『夜窓鬼談』上巻、「怨魂借體」
「乳母桜」——『文藝倶楽部』第七巻第八号所載「諸国奇談」中の愛媛、淡水生の
「姥桜」
「鏡と鐘」——石川鴻齊『夜窓鬼談』上巻「祈得レ金」
「食人鬼」——佛教書院編『通俗佛教百科全書』中巻
「むじな」——町田宗七編『百物語』第三十三席、御山苔松が語った話
「ろくろ首」——十返舎一九『怪物輿論』巻之四「轆轤首悕念却報福話」
「葬られた秘密」——『新撰百物語』巻三「紫雲たな引《びく》密夫の玉章《たまづさ》」
「青柳の物語」——辻堂兆風『玉すだれ』巻三「柳情霊妖」
「十六桜」——『文藝倶楽部』第七巻第三号所載「諸国奇談」中の愛媛、淡水生の
「十六日桜」
「安芸之介の夢」——『校訂馬琴傑作集』所収の「三七全伝南柯夢」の序に引かれた

陳翰「槐宮記」

しかし、このように粉本《ふんぽん》があるとはいっても、ハーンの『怪談』はそれらを単に翻訳したり、掻《か》いつまんだりしたものではありません。「『怪談』の諸篇はじつは骨をかれに籍《か》りたハーン自身の真個の創作である。」(岩波文庫『怪談』解説)と平井呈一は言っていますが、その間《かん》の事情は、右に挙げた粉本とハーンの作品を較べて御覧になれば、一目瞭然でしょう。講談社学術文庫から出ている平川祐弘編『怪談・奇談』の巻末に、各話の原拠が翻刻されていますから、御興味がおありの方にはぜひ一読をお勧めします。

＊

右に粉本が指摘されていない作品について、一言ずつ申し上げておきましょう。

「かけひき」

本書を訳すために、この作品を久しぶりで読み返した時、わたしの念頭にすぐ浮かんだのは、「断頭台の秘密」というヴィリエ・ド・リラダンの短篇でした。

この作品は、昭和二十七年に出た辰野隆選『リイルアダン短篇集』（岩波文庫）に収められ、我が国でも割合に知られています。

それはどんな話かというと、こうです――

ド・ラ・ポンムレー博士という医者が罪を犯して、死刑を宣告される。すると、もう一人の医者ヴェルポー博士が監獄を訪ねて来て、医学の進歩のためにひとつ協力をお願いしたい、と言います。

ヴェルポー博士は、首が刎《は》ねられたあと、人間にどれくらいの間意識が残っているかを知りたいのでした。そこで、ド・ラ・ポンムレー博士に言います――首が落ちたら、わたしはあなたの耳元でこう言います。「左の眼を大きく開けたまま、右の眼蓋《まぶた》を三度続けて閉じられるかな？（渡辺一夫訳）」――もし意識があったら、その通りにしてください、と。

ド・ラ・ポンムレー博士は承知しました。処刑の朝、ヴェルポー博士はギロチン台のそばに待ちかまえていて、首が落ちると、さっそく手に取り、約束のごとく呼びかけました。

すると、首の「右の眼瞼は閉じられ、左の眼は見開かれたまま、彼を見つめ」ましたが、「もう二度、この合図をしてくれ」というヴェルポー博士の叫びも空《むな》しく、右の眼瞼は二度と開きませんでした——

この話と「かけひき」に共通するのは、胴体を離れた首が何らかの行為をするというモチーフにすぎません。しかし、偶然の一致とは思えないふしがあります。というのも、リラダンのこの短篇は短篇集『至上の愛』に収められていますが、初出は一八八三年十月二十三日の「フィガロ」紙です。坂東浩司著『詳述年表・ラフカディオ・ハーン伝』によると、ハーンは何とその二日後、すなわち同年十月二十五日の「タイムズ・デモクラット」紙に、この短篇の英訳を載せています（但し、『詳述年表』には「絞首台の秘密」とありますが）。ということは、「フィガロ」紙を見てすぐさま翻訳に取りかかったわけで、「断頭台の秘密」は彼にそれだけ鮮烈な印象を与えたのでしょう。ですから、意識的にか無意識のうちにかはわかりませんが、この短篇の記憶が「かけひき」に影響を与えた可能性は高いだろうとわたしは思っています。

「雪女」

この作品について、ハーンは「序」の中で、「調布村のある百姓が、土地につたわる伝説として（平井訳）」語ってくれたと述べていますが、これは読者を煙に巻く言《げん》であって、じつはハーンの創作ではないかと疑うべき点があります。

だいいち、新潟ならいざ知らず、調布はそれほど雪深い場所ではありません。それに、このような話がハーンの示唆するように日本各地に存在していたかというと、そんなことはなく、民俗学者がその後同様の話を各地で見つけたけれども、「それらはおおむねハーンの『雪女』の焼き直しにすぎないことが今ではわかっている（平川祐弘）」そうです。

ちなみに、ハーンは日本に来て最初に出した単行本『日本瞥見記』（「幽霊と化けもの」第一節）にも、雪女のことを書いています。松江でハーンが使っていた植木屋・金十郎の話に出て来るのですが、その姿形は『怪談』に描かれる美しい雪女とはちがいます。

「雪女というのは、どんなもの？」

「雪女というのは、雪のなかでいろんな顔になる、まっ白けなものでござんす。わるさはべつにいたしませんが、ただ人をこわがらせるだけのものでしてな、昼間はただヌーッと顔を上げて、ひとり旅の者なんぞをおどかしますが、夜になりますと、よく立ち木なんぞより背が高くなって、あたりをしばらく見まわしておりますうちに、吹雪になって空から降ってまいります。」

「顔はどんな顔？」

「ただまっ白けでござんすね。大きな顔でしてな、さむしい顔をしております。」

（平井呈一訳）

一方、『怪談』と同時期に書かれた『天の川綺譚』（「化けものの歌」）にも「雪女」の章があり、そこには、「むかしの民間説話によると、だいたい、美しい別嬪に化けてでるのが多い（平井呈一訳）」とあります。

『日本瞥見記』と『天の川綺譚』の間には十年ほどの時間の隔《へだ》たりがありますが、ハーンが〝別嬪〟の雪女と最初に出会ったのは、いつのことだったのでしょう。

「力ばか」

ハーンはこれを実際に聞いた話だと「序」に述べています。それは本当なのかもしれませんが、〝転生と手に書いた文字〟という同じモチーフは、『日本瞥見記』にも見られます。すなわち、同書所収の「伯耆から隠岐へ」第二十八節に、初子《ういご》をなくした母親が、子供の亡骸《なきがら》の掌にその子の名前の頭字を書くと、次に生まれた赤ん坊の掌にその文字が痣《あざ》となってあらわれていて、前の子が生まれ変わったことを示す、という話が載っているのです。

「ひまわり」

この小品は「怪談」諸篇の中でも異色で、少年時代の思い出を記した文章です。これまでの作品ではずっと日本の物語をしてきたのに、舞台が突然イギリスのウェールズに変わって、読者はちょっととまどうかもしれません。わたしなどもそうでしたが、じっくり読み込んでみると、ハーンがどうしてこの作品をここに収めたかがわかってくるような気がします。

高田村の近くで見つけたひまわりの花をきっかけにして、ふと蘇った遠い故郷の記憶は、それ自体が美しいのみならず、幻想の日本絵巻に異邦人の孤独がポツリと小さい口を開《あ》けたようなせつなさを感じさせます。

伝記的事実に照らし合わせますと、この作品に描かれている情景はじつはウェールズではなく、ハーンが幼い時を過ごしたアイルランドの田舎であります。竪琴弾きがやって来る家はストランドヒルという、ハーンの父の姉キャサリン・エルウッドの住んでいた家で、竪琴弾きはダン・フィッツパトリックという地元では知られた芸人でした。

一緒に妖精の輪を探した友達は、ロバート・エルウッドというハーンの従兄弟（キャサリン・エルウッドの息子）で、彼は長じて英国海軍に入り、南シナ海を航海中、甲板から落ちた友人を救おうとして、溺死しました。この作品の終わりに、友情に関する聖書の句が引用してあるのは、そのためです。

ハーンはこの従兄弟の運命を婉曲《えんきょく》に語ろうとして、「海の変化 sea-change」という言葉を使っています。これはシェイクスピアがつくった言葉で、戯曲『大嵐』の中で妖精エアリエルがうたう歌に出て来るのです。

Full fathom five thy father lies,
Of his bones are coral made,
Those are pearls that were his eyes,
Nothing of him that doth fade,
But doth suffer a sea-change,
Into something rich and strange,
Sea-nymphs hourly ring his knell,
Ding-dong.
Hark! now I hear them, ding-dong, bell.

汝の父は五尋《いつひろ》の水底《みなそこ》に眠る、
彼の骨から珊瑚《さんご》はつくられ、
あれは彼の眼だった真珠だぞ。
その身は朽ちても、すべて

海の変化をうけて、
豊かな奇《く》しきものとならざるはない。
海のニンフは刻々に弔《とむら》いの鐘を鳴らす、
ディン、ドンと、
そら、今も聞こえるぞ、ディン、ドンと鐘を打つのが。

御覧の通り、これは海で死んだ者への手向《たむ》けの歌であります。ハーンはこの詩の「But doth suffer a sea-change,/Into something rich and strange,」という部分を本文に織り込んでいるのですが、シェイクスピアの原詩を知らない読者にはその意図がわかりにくいので、「海難」とか「海の変災」といったふうに説明を補っている翻訳もあります。

「蓬萊」

「怪談」の掉尾《とうび》を飾るこの一篇は、一種の散文詩と言えましょう。
掛物に描かれた伝説の蓬萊島から筆を起こして、その蓬萊島に作者自身が見出した日本を象徴させ、近代化という「西からの風」によって消えてゆく古い日本の姿にオマージュを捧げたものです。

わたしは『日本瞥見記』所収の「極東第一日」に、こんな一節を見つけました。

旅するものが、ある国の社会的変動期――ことに封建的な過去から民主的な現在へと移り変る時期に、偶然足を踏み入れると、とかく過去の美しいものの崩壊と、現在の新しいものの醜悪さとを歎じがちなものである。（平井呈一訳）

「わたくしが今後この国でそのいずれを発見するか、それは未知のことに属するが」とハーンは記していますが、この文章を書いてから十数年の歳月の間に、果たして彼はその両方を発見したのでした。

第二部にあたる「虫の研究」は昆虫エッセイであります。

ハーンは「蚕」（『霊の日本にて』）、「虫の音楽家」（『異国風物と回想』）、「蟬」（『明暗』）、「蜻蛉」（『日本雑記』）、「草ひばり」（『骨董』）など、好んで虫を題材にした随筆を書きました。

これらはハーンが実見した虫にまつわる風俗を描写し、フォークロアを語り、物語があれば物語を、また虫を詠《よ》んだ発句があれば発句を紹介して、時に生物学的・哲学的な思索を綴《つづ》っています。「虫の研究」もスタイルは同じで、「蝶」に於いてはフォークロア、物語、発句を紹介し、「蚊」では日常雑記風の随筆を書き、最後の「蟻」で文明論を展開しています。

注目すべきは「蟻」にハーバート・スペンサーが引用され、その哲学が語られていることでしょう。

これは本書『怪談』だけを読みますと、いささか奇異に感じられるかもしれませんが、ハーンは若い頃にスペンサーの『第一原理』を読んで以来、熱烈な信奉者となりました。御存知の通り、イギリスの哲学者で社会学者でもあったスペンサーは、ダーウィンの進化論を取り込んだ独特の社会進化論を立てて、思想界に大きな影響を及ぼしました。キリスト教への強い反感を抱いていたハーンにとって、スペンサーの書はいわば福音であり、彼は機会さえあれば、その教えを広めてゆこうとしました。ですから、彼の著書にはしばしば何の前置きもなく、スペンサーが引き合いに出されるのです。

ハーンは日本の神道や仏教を論ずる上でも、スペンサーの説をしばしば援用しており、彼の日本観を理解するには、スペンサーの思想から彼が汲《く》み取ったものを十分研究しなければならないと思いますが、そのことはべつとしても、「安芸之介の夢」の作者は蟻をこんなふうに見ていたのだと考えると、興味深いものがあるでしょう。

*

最後に、本書の翻訳について、一言申し上げておかなければなりません。

ラフカディオ・ハーンの『怪談』という作品を日本語に訳そうとしますと、訳者はある特殊な問題に突きあたります。それは、この本を日本語以外の言語に訳す人には突きつけられない問題です。

というのも、ハーンは本書を欧米の読者のために書いていて、日本の文化や風俗を紹介するために、しばしば文中にローマ字表記の日本語を挿入しています。たとえば、日本独特の物や言葉が出て来る場合、「襖」「雨戸」などは、「sliding-door」「rain-door」というように英訳していますが、「仏壇 butsudan」「炉 ro」「衣 koromo」「お女中O-jochū」などは日本語のローマ字表記のあとに「or 何々」として英訳をつけたり、注を付したりしています。「俗名 zokumyō」「施餓鬼 Segaki-service」といった仏教用語や、「鬼火 Oni-bi」「食人鬼 jikininki」「ろくろ首 Rokuro-kubi」といった妖怪の名前も同様です。

一例として、「ろくろ首」の次の箇所（原文）を御覧下さい。

"My friend," cheerfully answered Kwairyo, "I am only a wandering priest—a 'Cloud-and-Water-Guest,' as folks call it: Un-sui-no-ryokaku.

これを正直に逐語訳してみますと、こんなふうになるでしょう——

「わが友よ」と回竜はほがらかにこたえた。「わたしはただの回国の僧——人々のいう「雲と水の客」、ウン・スイ・ノ・リョカクにすぎない。

今はローマ字を片仮名にしたので、まださまになっていますが、もし「Un-sui-no-ryokaku」を漢字仮名混じりにすると、次のような訳文になってしまいます。

「わが友よ」と回竜はほがらかにこたえた。「わたしはただの回国の僧——人々のいう「雲と水の客」、雲水の旅客にすぎない。

これでは、いかにも見苦しいですね。ですから、翻訳者としては、最初の訳のように片仮名を使うか、「雲と水の客」を取ってしまうしかないでしょう。

また文中に歌や俳句が出て来る場合も、同様です。こういう時、ハーンはまず日本語をローマ字で提示し、そのあとに括弧《かっこ》つきで英訳を付しています。「おしどり」の中の短歌がそうです。

Hi Kururéba
Sasoëshi mono wo——
Akanuma no
Makomo no kuré no

Hitori-né zo uki!

[At the coming of twilight I invited him to return with me——! Now to sleep alone in the shadow of the rushes of Akanuma——ah! what misery unspeakable!]

これも飽くまで原文の体裁に従い、ローマ字を片仮名表記して訳してみると、こんなふうになるでしょう。

ヒ・クルレバ
サソイシモノ・ヲ——
アカヌマ・ノ
マコモ・ノ・クレ・ノ
ヒトリ・ネ・ゾ・ウキ

〔黄昏れると、わたしは彼を誘って一緒に戻った——！　今では、ただ一人赤沼の藺草の蔭に眠らねばならないとは——ああ！　何と言いようのない惨めさであろう！」

あるいは、ローマ字はローマ字のままにした方が良いかもしれません。だとすると、こうなります。

Hi Kururéba
Sasoëshi mono wo――
Akanuma no
Makomo no kuré no
Hitori-né zo uki!

〔黄昏れると、わたしは彼を誘って一緒に戻った――！　今では、ただ一人赤沼の藺草の蔭に眠らねばならないとは――ああ！　何と言いようのない惨めさであろう！〕

フランス語やドイツ語に訳すならば、こうしたやり方に何の問題もないでしょう。

けれども、日本語話者のわたしたちは、この歌の原文が読めます。ですから、どうしても原文を漢字仮名《かな》混じりで入れたくなる。ところが、そうすると、ハーンが付した訳や説明と言葉が重複ってしまいます。右の箇所はまださほどでもありませんが、ハーンの英訳を日本語に訳して載せることが、ほとんど意味をなさない場合があります。

たとえば、「蝶」の中の次の句のように――

釣鐘に
とまりて眠る
蝴蝶かな

〔寺の鐘にとまって、蝶は眠る〕

古典の翻訳というものは、なるべく原文の体裁通りに訳すことが望ましいとわたしは思いますし、あとに述べるように、そういう方針を貫いた翻訳もあります。しかしながら、ハーン研究を目的としない一般読者は、やたらに片仮名やローマ字が出て来たり、同じような意味の言葉が並んだりすることに相当の抵抗をおぼえるのではないでしょうか。それが『怪談』を文学作品として味わう妨げになりはしないかと危ぶまれます。

これまでの翻訳者たちも同じように考えたのでしょう。ハーンの没後数年経って刊行された第一書房版『小泉八雲全集』は、ハーンの教え子らの手になる立派なもので、その後の翻訳者にとって一つの指標となる存在ですが、この訳を初めとする多くの既訳が、片仮名やローマ字をあまり使わず、日本の読者に不要と思われる説明は省略して、自然な日本語の文章に仕上げています。その最たるものは平井呈一の翻訳です。これは日本の物語としての自然さに意を用い、登場人物の台詞に適宜方言を使うなどの工夫をして、ある点で原作者との共作という趣さえあります。

一方、読者に与える抵抗感は承知の上で、原文の体裁を忠実になぞってみることも、一つの見識ある態度であります。

こちらの翻訳方法をとれば、ヨーロッパ人であるラフカディオ・ハーンの物の考え方や、日本文化に対する理解の仕方などがいっそう明らかになるでしょう。また、海外の読者がハーンの英文を読んだ時に感じた妖しいエキゾチックな魅力や異文化ショックといったものを、ある程度再現できるかもしれません。

この方針に基づいた異色の翻訳として、円城塔氏の新しい訳があることを、ここに御紹介しておきたいと思います。これは雑誌「幽」（株式会社 KADOKAWA 発行）に連載されたもので、ローマ字表記された日本語をいさぎよく全部片仮名にしています。ハーンという作家、そして『怪談』という作品に興味をお持ちの方は、一度御覧になってみることをお勧めします。

さて、それでは、このわたしはどうしたかといいますと、右に述べた二つの態度の間でどうしようかと迷いながら、手探りで翻訳作業をしているうちに、だんだんと今までの多くの訳者がとった態度に近づいてゆきました。けれども、原作者が付した註と詩の英訳は割愛するに忍びないので、載せてあります。とはいえ、こちらも逐語的に訳すとさまにならないところ、日本の読者にとって無意味なところなどもありますので、多少手心を加えてあります。結果として、不徹底の譏《そし》りを免れないかとも思いますが、その点はひらに御容赦願いたく存じます。

＊

翻訳のテキストには、*Kotto and Kwaidan* Houghton Mifflin Company 1904を用い、翻訳に際しては、第一書房版『小泉八雲全集』第七巻に収められた戸川明三、大谷正信、田部隆治による翻訳を初めとして、平井呈一、上田和夫、平川祐弘、池田雅之、円城塔といった方々の既訳を参考にしました。これらの翻訳者の方々、また資料を使わせていただいた学習院大学図書館、東京外国語大学附属図書館、そして翻訳作業に温かい御協力を賜った光文社翻訳編集部の皆様に厚く御礼を申し上げます。

ラフカディオ・ハーン年譜

この年表は、主に坂東浩司著『詳述年表・ラフカディオ・ハーン伝』を参考にして作成した。但し、書名の日本語訳など、同書の表記に従わなかった部分もある。

ハーンが日本で書いた本の大部分は、随想、紀行、物語などさまざまな種類の文章を含むものである。それらはここにジャンルを明示しなかった。

一八五〇年

六月二七日、ギリシアのレフカダ島に生まれる。正式な名前はパトリック・ラフカディオ・ハーンだったが、渡米後、パトリックを棄てる。

父親チャールズ・ブッシュ・ハーンはアイルランド生まれのイギリス軍軍医。母親ローザ・カシマチはキティラ島生まれのギリシア人。ハーンには兄ジョージ・ロバートがいたが、この年の八月一七日に死去。

一八五二年　二歳

母子でアイルランドのダブリンへ行き、父の生家に引き取られる。

一八五四年　四歳

母ローザは身重でギリシアへ帰り、

ハーンは大叔母ブレナン夫人に引き取られる。
八月一二日、弟ジェイムズ・ダニエルがギリシアで生まれる。

一八五七年　七歳
両親の離婚が成立。父はアリシア・クロフォードと再婚。弟ジェイムズ・ダニエルがイギリスに来る。

一八六三年　一三歳
イギリスのダラム州アッショーにあるカトリック系の学校聖《セント》カスバート校に入学。

一八六六年　一六歳
事故で左目を失明。父チャールズ死去。

一八六七年　一七歳
大叔母ブレナン夫人が破産し、聖カスバート校を中退。

一八六九年　一九歳
アメリカに渡り、ニューヨークからオハイオ州シンシナティーへ向かう。印刷業者ヘンリー・ワトキンと知り合い、以降、ワトキンに助けられながら職を転々としつつ、雑誌などへ投稿する。

一八七四年　二四歳
「シンシナティ・インクワイヤラー」紙の正式の記者となる。混血黒人のマッティ・フォリーと州法を犯して結婚。

一八七五年　二五歳
「インクワイヤラー」社を解雇される。

一八七六年　二六歳
「シンシナティー・コマーシャル」紙

の正規の記者となる。

一八七七年　二七歳
ニューオーリンズへ移る。

一八七八年　二八歳
新聞社「ニューオーリンズ・アイテム」社の副編集長となる。

一八八一年　三一歳
「タイムズ・デモクラット」紙の文芸部長に迎えられる。

一八八二年　三二歳
『クレオパトラの一夜その他』(テオフィール・ゴーチェの短篇の翻訳)を自費出版。

一八八三年　三三歳
この頃、ピエール・ロティの作品を読む。日本の詩や書物に関心を持つ。

一八八四年　三四歳
『飛花落葉集』短篇集。
メキシコ湾内のグランド島へ避暑に行き、小説『チタ』の材料を得る。
一二月、「ニューオーリンズ万国博覧会」が開催され、会場で日本政府から派遣された服部一三、高峰譲吉と会う。博覧会の取材を通じ、日本への関心を深める。

一八八五年　三五歳
『ニューオーリンズの歴史的スケッチと案内』『ゴンボ・ゼーブス——クレオール俚諺《りげん》小辞典』『クレオール料理法』
ハーバート・スペンサーの『第一原理』を読み、熱烈な信奉者となる。

一八八六年　三六歳
休暇を取り、グランド島に約一カ月滞在。

一八八七年　三七歳
『中国怪談集』短篇集。
五月、「タイムズ・デモクラット」社を退職。ニューヨークへ行き、ニューヨーク港から西インド諸島のマルティニーク島に向かう。紀行文を「ハーパーズ・マガジン」誌に掲載。

一八八八年　三八歳
ピエール・ロティの『お菊さん』を読む。

一八八九年　三九歳
『チター――ラスト島物語』長篇小説。
五月、ニューヨークに戻った後、フィラデルフィアへ。一〇月にはニューヨークへ出、一一月、「ハーパーズ・マガジン」誌の美術主任記者W・パットンと会い、日本行きを決意。

一八九〇年　四〇歳
『仏領西インドの二年間』紀行。『ユーマ』長篇小説。
ハーパー社の特派員として、挿絵画家C・D・ウェルドンと共に来日。四月四日、横浜へ到着するが、ハーパー社との契約を破棄し、同社と絶縁。
島根県尋常中学校及び師範学校の英語教師となり、八月末、松江に赴く。

一八九一年　四一歳
一月下旬から二月上旬頃、小泉セツと同棲をはじめる。

出雲の冬の厳しい寒さで健康を害し、松江よりも冬が温暖な熊本の第五高等中学校へ転任。校長は嘉納治五郎。一一月中旬、熊本に着く。

一八九三年　四三歳
一一月一七日、長男・一雄生まれる。

一八九四年　四四歳
『知られぬ日本の面影』
一〇月、神戸に移り、「神戸クロニクル」の論説記者となる。

一八九五年　四五歳
『東の国から』
一月三〇日、「神戸クロニクル」社を退職。日本に帰化することを決意し、手続きをはじめる。

一八九六年　四六歳
『心』
二月、帰化手続き完了。小泉八雲と改名する。
九月、東京帝国大学の総長外山正一に招かれ、同大学講師に就任。東京、牛込に住む。

一八九七年　四七歳
『仏陀の国の落穂』
二月一五日、次男・巌生まれる。

一八九八年　四八歳
『異国風物と回想』
『猫を描いた少年』(『日本お伽噺叢書』の一冊)

一八九九年　四九歳
『霊の日本にて』
『お化け蜘蛛』(『日本お伽噺叢書』の一

冊）
一二月二〇日、三男・清生まれる。

一九〇〇年　五〇歳
『明暗』
三月、外山正一が死去し、大学での後盾を失う。

一九〇一年　五一歳
『日本雑記』

一九〇二年　五二歳
『骨董』『団子をなくしたお婆さん』（『日本お伽噺叢書』の一冊）
西大久保の新居に移る。長男にアメリカで教育を受けさせようと考え、アメリカでの就職口を探す。

一九〇三年　五三歳
『ちんちん小袴』（『日本お伽噺叢書』の一冊）
大学から契約終了の通告を受ける。学生の留任運動が起こり、大学側は妥協案を出して慰留するも、これを拒絶。
九月一〇日、長女・寿々子生まれる。

一九〇四年　五四歳
『怪談』。『日本』論考。
早稲田大学に出講し、英文学史と英文学を教える。
九月二六日、狭心症のため急逝。牛込の瘤寺で葬儀が営まれ、遺骨は雑司ヶ谷霊園に葬られる。

一九〇五年
『天の川綺譚』

一九二二年
『若返りの泉』（『日本お伽噺叢書』の一

冊）
ホートン・ミフリン社から全一六巻の『ラフカディオ・ハーン著作集』が出る。

一九二六年
落合貞三郎、大谷正信、田部隆次らの訳による第一書房版『小泉八雲全集』刊行（―二八）。

訳者あとがき

昔、わたしの通った中学校に井上先生という英語の先生がおられました。三年生の時、わたしの組の担任になられたのですが、先生は昼休みにちょっと教室に残っていらっしゃる時など、わたしたちの雑談をよく聞いていらっしゃいました。

あの頃、わたしはラブレーの『パンタグリュエル物語』を読んでいて、あんまり面白かったものですから、ある日、隣の席の友達にその一節を語って聞かせていました。それは道化者《おどけもの》のパニュルジュが船の上でえんえんとしゃべる場面でした。

パニュルジュは主人のパンタグリュエルたちと共に船旅をしているのですが、折からの時化《しけ》で、船は大揺れに揺れ、もう生きた心地もありません。

ああ、俺は何だって船になんか乗っちまったんだろう。俺は馬鹿だ。阿呆だ。サイテーだ。人間の一番の幸せは、足でしっかりした地面を踏んでいることにあるのだ――パニュルジュはそのような意味のことを、得意の屁理屈と大袈裟な修辞で滔々《とうとう》とまくしたてます。

わたしも今は齢《よわい》還暦に近く、記憶力などもすっかり衰えてしまいましたから、パニュルジュの台詞をくわしく思い出せませんが、その頃はまだ多少頭脳も明晰《めいせき》でしたので、前日に読んだ文章を要約して、それこそ滔々と友達に語って聞かせました。

すると、しばらく前から黙って聞いていらした井上先生が、感心したようにおっしゃいました。

「へーえ。南條クンって、意外に雄弁なんだねえ。弁護士か何かになったらいいんじゃないかい」

またある日のことです。

わたしは当時、ポーやラヴクラフトの怪奇小説を知り初《そ》めて、貪るように読み耽っていました。ことにラヴクラフトの宇宙的恐怖の世界に圧倒され、その話をまた例の友達にしておりますと、井上先生が聞いていらして、

「君、そんなに怪談が好きなら、ラフカディオ・ハーンをお読みよ。怖い話を書いているよ」

とおっしゃるのです。

「はい」

とわたしはこたえましたが、内心先生を馬鹿にしておりました。わたしの頭の中には、昔、絵本か何かで読んだ「耳なし芳一」の話しかなかったからです。芳一のあの話はたしかに怖かったけれども、所詮《しょせん》古くさい幽霊話だ。自分はそんなもの、もう卒業しちゃった。〝宇宙的恐怖〟に目を開かれたんだ。先生は遅れてるナア——などと生意気なことを考えたのでした。

ところが、それから何年も経って大学院に入り、アルバイトをしていた時のことです。

学生課に紹介されて、山の手のある家へ家庭教師に行きました。

そこはずいぶんと大きな家で、昨今のテレビ番組なら、文句なく「豪邸」の名を奉《たてまつ》るでしょう。ちょっとしたお金持ちのようでした。

子供は——子供といっても高校二年生の男の子で、名の知られた学校に入り、東大受験を目ざしていました。

わたしは英語を教えに行ったのですが、少年はちっともやる気がありません。「家庭教師なんか、要《い》らないんだ」と言うのです。たしかに、ちょっと試してみると、英語は中々出来て、先生がべったりついて教えなければならないほどではありません。ところが——本人の言うことには——母親は彼を信用せず、やたらに先生をつけたがる。じつは、わたしのほかにも何人か家庭教師を雇っているようです。

「僕はもっと自由にやりたいんだ」

と少年は言います。

わたしはなるほどと思って、お母さんに彼の言葉を代弁しました。ところが、

「先生はだまされていらっしゃるんです。あの子はほんとに駄目なんです」

といって、取り合ってくれません。どうも、親子の間に深刻な亀裂があるようです。

それでも、とにかく二、三回授業をつづけました。

その家は駅から大分離れていて、商店街をすぎ、寂しい坂道を上って行く途中にありました。その道をずっと行った先には古い大きな病院がありました。

門から長い私道を通って家の中に入ると、室内はヨーロッパ式の照明で、全体に薄暗い。広い客間だか居間だかを通って、二階の部屋へ上がって行くと、例の少年が歓

迎しない顔で待っています。

家の中はひっそりして、どうも陰気な感じです。

その夜、わたしが持って行った教科書は、学生向けの註釈の付いた『ハーン作品集』でした。わたしたちは『骨董』の中の一篇「夢を食うもの」を一緒に読みはじめました。

御存知の通り、これは夢を食うといわれる動物「貘《ばく》」を題材にした短篇です。

土用のうちの蒸し暑い晩に、語り手が眠りから醒めると、貘が窓から入って来ます。何か食べる物があるかというので、語り手は自分の見た悪夢を食べてくれと貘に言います。

それは、こんな夢なのです——

語り手は白い壁に囲まれた部屋の中で、寝台に横たわる自分の死骸を見ています。通夜《つや》とみえて、寝台のそばには喪服を着た女が何人かいますが、誰一人身動きもせず、口も利きません。

そのうち、部屋の空気が異様に重苦しくなってきます。女たちは一人また一人と部屋を出て行き、語り手と死骸だけがあとに残されます。

あたりには依然、厭《いや》な気配が漂っていて、語り手が自分の死骸を見つめていると、やがて死骸の目が開き、とびかかってくる。語り手は斧でそれを打ちのめし、血まみれの肉塊にしてしまう。

彼は必死でおまじないを唱えます――

“――Baku kurae! Baku kurae! Baku kurae!”

これは漢字と平仮名で書けば「獏食らえ」であります。獏よ、悪夢を食べてくれというのですが、異常な夢を淡々と、しかし、いかにも気味悪く語るハーンの英文に、アルファベットでこうした文字が出て来ますと、何だかもう日本語とも思われません。異国の凶々《まがまが》しい呪文のようです。わたしは背筋が寒くなってきました。生徒もやはり気味悪がっているのがわかりました。

と、その折も折、どこか遠くの闇の底から、ゴオンと釣鐘を突いたような、くぐもった音が聞こえてきたのです。

生徒はヒクッと身をすくめ、わたしの顔を見て、言いました。

「今、なんか音がしたよね――」

「うん――」

二人はしばし無言でした。

「ああいう音、前に聞いたこと、ある？」

わたしがたずねると、少年は首を横に振りました。

ラフカディオ・ハーンが恐ろしい作家で、昔、井上先生の言われたことが間違っていなかったのを、わたしはこの時身にしみて知ったのです。

kobunsha classics
光文社古典新訳文庫

怪談《かいだん》

著者　ラフカディオ・ハーン
訳者　南條竹則《なんじょうたけのり》

2018年7月20日　初版第1刷発行

発行者　田邉浩司
印刷　萩原印刷
製本　ナショナル製本

発行所　株式会社光文社
〒112-8011東京都文京区音羽1-16-6
電話　03（5395）8162（編集部）
03（5395）8116（書籍販売部）
03（5395）8125（業務部）
www.kobunsha.com

ISBN978-4-334-75380-1 Printed in Japan

いま、息をしている言葉で、もういちど古典を

長い年月をかけて世界中で読み継がれてきたのが古典です。奥の深い味わいある作品ばかりがそろっており、この「古典の森」に分け入ることは人生のもっとも大きな喜びであることに異論のある人はいないはずです。しかしながら、こんなに豊饒で魅力に満ちた古典を、なぜわたしたちはこれほどまで疎んじてきたのでしょうか。

ひとつには古臭い教養主義からの逃走だったのかもしれません。真面目に文学や思想を論じることは、ある種の権威化であるという思いから、その呪縛から逃れるために、教養そのものを否定しすぎてしまったのではないでしょうか。

いま、時代は大きな転換期を迎えています。まれに見るスピードで歴史が動いていくのを多くの人々が実感していると思います。

こんな時わたしたちを支え、導いてくれるものが古典なのです。「いま、息をしている言葉で」——光文社の古典新訳文庫は、さまよえる現代人の心の奥底まで届くような言葉で、古典を現代に蘇らせることを意図して創刊されました。気取らず、自由に、心の赴くままに、気軽に手に取って楽しめる古典作品を、新訳という光のもとに読者に届けていくこと。それがこの文庫の使命だとわたしたちは考えています。

このシリーズについてのご意見、ご感想、ご要望をハガキ、手紙、メール等で翻訳編集部までお寄せください。今後の企画の参考にさせていただきます。
メール　info@kotensinyaku.jp

光文社古典新訳文庫　好評既刊

クリスマス・キャロル
ディケンズ
池　央耿　訳

クリスマス・イヴ、守銭奴で有名なスクルージの前に、盟友だったマーリーの亡霊が現れる。マーリーの予言どおり、彼は辛い過去と対面、そして自分の未来を知ることになる—。

薔薇とハナムグリ　シュルレアリスム・風刺短篇集
モラヴィア
関口　英子　訳

官能的な寓話「薔薇とハナムグリ」ほか、現実にはありえない世界をリアルに、悪意を孕む筆致で描くモラヴィアの傑作短篇15作。「読まねば恥辱」級の面白さ。本邦初訳多数。

神を見た犬
ブッツァーティ
関口　英子　訳

突然出現した謎の犬におびえる人々を描く表題作。老いた山賊の首領が手下に見放されて「護送大隊襲撃」。幻想と恐怖が横溢する、イタリアの奇想作家ブッツァーティの代表作二十二編。

天使の蝶
プリーモ・レーヴィ
関口　英子　訳

アウシュビッツ体験を核に問題作を書き続け、ついに自死に至った作家の「本当に描きたかったもうひとつの世界」。化学、マシン、人間の神秘を綴った幻想短編集。（解説・堤　康徳）

猫とともに去りぬ
ロダーリ
関口　英子　訳

猫の半分が元・人間だってこと、ご存知でしたか？　ピアノを武器にするカウボーイなど、人類愛、反差別、自由の概念を織り込んだ、知的ファンタジー十六編を収録。

光文社古典新訳文庫　好評既刊

鏡の前のチェス盤
ボンテンペッリ
橋本 勝雄 訳
10歳の少年が、罰で閉じ込められた部屋にある古い鏡に映ったチェスの駒に誘われる。「向こうの世界」には祖母や泥棒がいて……。20世紀前半のイタリア文学を代表する幻想譚。

箱舟の航海日誌
ウォーカー
安達 まみ 訳
神に命じられたノアは、箱舟を造り、動物たちと漂流する。しかし、舟の中に禁断の肉食を知るスカブがいたため、平和だった動物たちの世界は変化していくのだった―。

プークが丘の妖精パック
キプリング
金原 瑞人
三辺 律子 訳
二人の兄妹に偶然呼び出された妖精パックは、魔法で二人の前に歴史上の人物を呼び出し、真の物語を語らせる。兄妹は知らず知らずに古き歴史の深遠に触れるのだった―。

失われた世界
アーサー・コナン・ドイル
伏見 威蕃 訳
南米に絶滅動物たちの生息する台地が存在すると主張するチャレンジャー教授。恐竜が闊歩する台地の驚くべき秘密とは？「シャーロック・ホームズ」生みの親が贈る痛快冒険小説！

黄金の壺／マドモワゼル・ド・スキュデリ
ホフマン
大島かおり 訳
美しい蛇に恋した大学生を描いた「黄金の壺」、天才職人が作った宝石を持つ貴族が襲われる「マドモワゼル・ド・スキュデリ」ほか、鬼才ホフマンが破天荒な想像力を駆使する珠玉の四編！

光文社古典新訳文庫　好評既刊

★続刊

ロビンソン・クルーソー　デフォー／唐戸信嘉・訳

船乗りになるべく家を飛び出したロビンソンは、船に乗るたびに嵐や海賊の襲撃に見舞われる始末。ようやく陸に腰を落ち着けたかと思いきや……。未開の無人島で二八年間、試行錯誤を重ねて生き抜いた男の姿を描いた感動作。図版多数収録。

いま、希望とは　サルトル、レヴィ／海老坂武・訳

二〇世紀を代表する知識人サルトルの最晩年の対談企画。ヒューマニズム、暴力と友愛、同胞愛などの問題について、これまでの発言、思想を振り返りながら、絶望的な状況のなかで新しい「倫理」「希望」を語ろうとするサルトルの姿がここにある。

方丈記　鴨長明／蜂飼耳・訳

仏教的無常観を表現した随筆であり、日本中世の名文とされる『方丈記』。その息遣いを瑞々しい訳文で再現、挫折し葛藤と逡巡を繰り返す鴨長明の意外な一面も浮かびあがる。『新古今和歌集』所収の和歌十首と訳者のオリジナルエッセイ付き。